測驗式

日本語 綜合 問答解説

漢字

敬語

文章讀解

表現

語彙

文法

鴻儒堂出版社

前　言

最近，日語的混亂及日語水準低落的情況越來越嚴重。不只是日語最基本的「閱讀」和「書寫」的能力低下、不會使用正確的敬語、無法理解別人所說的內容、甚至連自己的意思也無法完全正確地傳達給對方等等，影響層面幾乎廣及日語的全部！

我們平常都是使用日語來做為生活用語，因此很多人都認為自己的日語沒有問題。但是，有關於「日語」、「詞彙」，我們日本人到底擁有多少的知識，且是否將它們做了正確的運用呢？

即使或多或少的日語混亂用，在父母、兄弟等親屬之間是沒有問題的，若是和客戶、企業內的上司、前輩、同事、恩師、朋友之間，那就得另當別論了。工作上可能會出現障礙，也有可能在職場上和其他人的關係產生重大的溝通不良。更何況對於那些想要就職、升學的人來說，將面臨好幾個筆試、面試、小論文等和「日語」、「詞彙」相關，具關鍵性選拔的難關。

漢字的讀寫總是受到大家的重視，和漢字同樣地，敬語的使用方法、語彙能力、助詞的使用方法、文章的讀解力、會話與文章的表現能力也是非常重要的。

想重新評估自己的日語能力、重新磨鍊，但覺得要研讀專門的書或參考書又太麻煩了。很多人可能想：難道在繁忙生活中，沒有自然的練習日語、自然而然就能將日語學到手的方法嗎？

理想的訓練應該是一邊快樂的學習日語，一邊在不知不覺中將日語全盤地理解，吸收並整理，學得美麗且豐富的日語。

像這樣日語所存在的混亂環境和社會的需要之下，對「日語」、「詞彙」存有關心、懷有興趣的，不分男女老少、職業或國籍，以所有的人為對象，用測驗的方式編輯了這本可以學習全面性日語的書。整本書分成「漢字」、「語彙」、「敬語」、「文法」、「文章讀解」、「表現」等六大章，第一次刊登各章的學習領域和內容，目的是要讓學習的方向能夠更加明確。書中的問題是從月刊雜誌「日本語トレーニング」中精挑細選出來的，並在問題・解說中加上些註解，務使內容能夠更加充實、感覺更加親切。

本書中，希望能讓學習者鍛鍊全面的日語、使日常生活中的人際關係更加豐沛、讓社會生活・洽公更加圓滑、對就職考試或升學考試能夠有實際的功效。若能達成，對於執筆、編輯者的我們就是最大的歡欣與鼓舞了！

平成十二年九月

日本のことば研究會

日本語総合レッスン・目次

第1章で学ぶ内容——

（1）漢字と文字の練習

音訓読みの練習………日常生活の中でこれぐらいは読めるようにしておきましょう

漢字書き取り練習……読めるだけでなく、書ける言葉として身につけましょう

（2）同音異義語と同訓異字語

同音異義語の練習……同音でも意味の違う熟語の使い分けを身につけましょう

同訓異字語の練習……語の意味を理解しながら使い分けるようにしましょう

（3）仮名遣いと送り仮名、誤字を正す

歴史的仮名遣い………一目で現代仮名遣いが頭に浮かぶようにしましょう

現代仮名遣い…………「じ」と「ぢ」、「ず」と「づ」を正しく表記できるようにしましょう

送り仮名………………正しい使い方が出来るようにしましょう

誤字を正す……………語の意味を理解して、誤りをきちんと直せるようにしましょう

（4）部首の理解と筆順・画数

部首理解の練習………紛らわしい部首を覚えて辞書が楽に引けるようにしましょう

筆順・画数の練習……正しい文字を書くために正しい筆順を身に付けましょう

第2章で学ぶ内容――

(1) 二・三・四字熟語の練習

二字熟語の練習……読めるだけでなく、意味もしっかり覚えましょう

三字熟語の練習……意味だけでなく、構成もわかるようにしましょう

四字熟語の練習……漢字の間違いに注意しながら覚えましょう

(2) 類義語・対義語もいっしょに覚えよう

類義語の練習……表現の手段を増やしましょう

対義語の練習……対になる言葉をすぐ思い浮かべられるようにしましょう

(3) 慣用句・ことわざの使い方

慣用句の練習……使い方を誤りやすい言葉も正しく使えるようにしましょう

ことわざの練習……意味を理解して会話の中で使えるようにしましょう

(4) 由来で覚える故事成語

故事成語の練習……由来を知って難しい言葉も簡単に覚えましょう

第3章で学ぶ内容――

(1)　敬語の種類とその特徴

敬語の説明・種類……まずは各敬語の特徴から覚えましょう

(2)　丁寧・尊敬・謙譲―三つの敬語の使い方

丁寧語の練習………敬語の基本である丁寧語を正しく使えるようにしましょう

尊敬語の練習………尊敬語をきちんと使えるようにしましょう

謙譲語の練習………謙譲語の正しい使い方を身につけましょう

三つの敬語の使い分け…それぞれ正しく使えるようにしましょう

(3)　敬語の書き換えと誤りの訂正

敬語の誤りの訂正……間違いを正しく直せるようにしましょう

敬語の書き換え………一つの言葉から様々な敬語表現を使えるようにしましょう

(4)　場面別敬語の実例

会話の中の敬語………正しい使い方を身につけましょう

手紙や文書の敬語……恥をかくことのないよう、正しく覚えましょう

第4章で学ぶ内容——

(1) 文の成り立ち

文章の構成……文章の基本的な構成を覚えましょう

(2) 品詞の種類と用法

名詞……名詞の種類を覚えましょう
動詞・助動詞……動詞・助動詞の特徴を覚えましょう
形容詞・形容動詞……形容詞・形容動詞の用法を理解しましょう
助詞……助詞の使い方を覚えましょう
副詞……副詞の種類を理解しましょう
連体詞……連体詞の特徴を覚えましょう
接続詞……接続詞をうまく使えるようにしましょう
感動詞……感動詞の種類を覚えましょう

(3) 文法的誤用と文章書き換え

文章の書き換え練習…正しい文章の書き方を身につけましょう

第5章で学ぶ内容――

（1）小説
（2）評論
（3）論文

（1）～（3）まで共通

語句の理解……指示語の指す内容を理解しましょう
文章の内容理解……文章の内容を理解しましょう
文章の大意……文章の大意をつかみましょう
文章の解釈……文章を解釈する力を身につけましょう
文章挿入……適切な箇所に文章を挿入できるようにしましょう
人物心理……登場人物の心理を把握しましょう
文章背景の把握……文章の背景にあるものを読み取りましょう
時代背景の把握……時代背景を読み取りましょう

第6章で学ぶ内容

(1) 文章表現

文章の表現……………………文章表現の手順を身につけましょう
文章の構成……………………文章の構成要素を覚えましょう
文体の特徴……………………文体の特徴を覚えましょう
比喩・修辞法の活用…………比喩・修辞法の使い方を身につけましょう
文章の推敲……………………文章を推敲してみましょう
文章の訂正……………………適切な文章が書けるようにしましょう
短文作成………………………語句を使った短文を作ってみましょう

(2) 場面別の会話表現

場面に応じた会話表現…正しい表現が使えるようにしましょう

(3) 手紙・書類・書状の表現

手紙の基本……………………手紙を書くときの基本事項を身につけましょう
礼状の書き方…………………正しい礼状の書き方を身につけましょう

第1章

漢字と文字の練習

(1) 音訓読みと書き取り練習

問題1

次の漢字の読み方をひらがなで書いてください。〈10点〉

① 平生（　　　）　② 辛抱（　　　）

③ 凝視（　　　）　④ 示唆（　　　）

⑤ 懸念（　　　）　⑥ 奔放（　　　）

⑦ 体裁（　　　）　⑧ 行脚（　　　）

⑨ 添付（　　　）　⑩ 思索（　　　）

【解答】

① へいぜい　② しんぼう　③ ぎょうし　④ しさ　⑤ けねん

⑥ ほんぽう　⑦ ていさい　⑧ あんぎゃ　⑨ てんぷ　⑩ しさく

【解説】

①「ふだん」「つね」「ひごろ」のことで、「平生から健康に注意する」などと使います。

「生活」「生産」は「せいかつ」「せいさん」ですが、「平生」は「へいぜい」となります。
②「がまんすること」で、「辛抱強く、我慢する」などと使います。
③「じっと見つめること」で、「一点を凝視する」などと使います。
④「それとなくおしえること」で、「研究方法を示唆する」などと使います。
⑤「心配すること」「不安」「気がかりに思うこと」で、「登山者の安否を懸念する」などと使います。「懸命」「懸賞」は「けんめい」「けんしょう」ですが、「懸念」は「けねん」となります。
⑥「世間のしきたりなどを無視して思うままにふるまうこと」で、「自由奔放」などと使います。
⑦「すがた」「かたち」のことで、「体裁をそろえる」などと使います。
⑧「僧が修業のため諸国をまわり歩くこと」「諸地方をめぐり歩くこと」で、「全国行脚の旅に出る」などと使います。「行」について、「行為」は「こうい」、「行政」は「ぎょうせい」となります。
⑨「書類などに、補いとしてそえてつけること」で、「内申書を添付する」などと使います。

⑩「すじみちをたどって、考えること」で、「思索にふける」などと使います。

問題2

次の漢字の読み方をひらがなで書いてください。〈10点〉

① 衆生（　　　）　② 相伴（　　　）
③ 耗弱（　　　）　④ 洞穴（　　　）
⑤ 安穏（　　　）　⑥ 虚空（　　　）
⑦ 年俸（　　　）　⑧ 荘厳（　　　）
⑨ 払暁（　　　）　⑩ 流暢（　　　）

【解答】

① しゅじょう　② しょうばん
③ こうじゃく　④ どうけつ
⑤ あんのん　⑥ こくう
⑦ ねんぽう　⑧ そうごん

⑨　ふつぎょう　　⑩　りゅうちょう

【解説】

音が変化したりして、難しい読み方になっている熟語です。

①　衆生…すべての生き物のこと。

②　相伴…もてなす側もいっしょに飲食すること。

③　耗弱…おとろえること。「心神耗弱」と使う。

④　洞穴…「どうくつ」と読むのは「洞窟」。

⑤　安穏…生活などに変動がなく、おだやかなこと。

⑥　虚空…なに一つない空間。

⑦　年俸…一年分の額で決めた給料。×「ねんぽう」

⑧　荘厳…雰囲気や様子が、威厳があって、人を圧倒するようであるという意味です。

⑨　払暁…明け方のこと。

⑩　流暢…言葉をすらすらと話す様子。

問題3

次の傍線部の漢字の読み方をひらがなで書いてください。〈10点〉

① 若干名募集する。（　　）
② 目的を完遂する。（　　）
③ 神社の境内を散策する。（　　）
④ 便乗値上げはしない。（　　）
⑤ 記念碑を建立する。（　　）
⑥ 発起人になる。（　　）
⑦ 学問に精進する。（　　）
⑧ 仏像の柔和な顔。（　　）
⑨ 趣のある庭園。（　　）
⑩ 通行制限を緩和する。（　　）

【解答】

① じゃっかん
② かんすい
③ けいだい
④ びんじょう
⑤ こんりゅう
⑥ ほっき
⑦ しょうじん
⑧ にゅうわ
⑨ おもむき
⑩ かんわ

【解説】

①「じゃくかん」の変化した読み方で、意味は「いくらか」「いくばく」です。「若」を「ジャク」と読むのは漢音で、呉音は「ニャク」です。

②「完全にやりとげること」です。

③「神社や寺の敷地の内」のことです。「内」を「ダイ」と読むのは漢音で、呉音の「ナイ」の方が圧倒的に多く使われています。

④「よい機会をうまく利用すること」です。ほかに「他人の乗り物を利用して、いっしょに乗ること」という意味もあります。

⑤「寺や塔などをたてること」です。「建」を「コン」と読むのは呉音で、漢音は「ケン」です。

⑥「思いたってある事業をはじめる人」のことです。「発」を「ホッ」と読む語は、ほかに「発作」（ほっさ）、「発端」（ほったん）などがあります。

⑦「一心につとめはげむこと」です。ほかに「一心に仏道を修行すること」「肉類をさけて、菜食すること」という意味もあり、「精進料理」「精進落とし」などのように使われます。

⑧「性質がおとなしくて、やさしいこと」です。「柔」を「ニュウ」と読む語は、ほかに「柔弱」（にゅうじゃく）があります。

⑨「ふぜい」「あじわい」「おもしろみ」という意味で、訓読みです。ほかに「ふくまれている内容・意味」「ようす、ありさま」という意味もあります。

⑩「ゆるめやわらげること」「程度をよわめること」です。

問題4

次の傍線部の漢字の読み方をひらがなで書いてください。〈10点〉

① 浅薄な考え方。（　　）
② 保守層に迎合した政策。（　　）
③ 卑怯な人に憎悪を感じる。（　　）
④ 心の内奥に深い道徳心がある。（　　）
⑤ 物事の所以を明らかにする。（　　）
⑥ 新しく母屋を普請する。（　　）
⑦ 経営が破綻を招く。（　　）

⑧ 読経の声が響く。（　　）
⑨ あらゆる用語を駆使する。（　　）
⑩ 名演技にすっかり陶酔する。（　　）

【解答】

① せんぱく　② げいごう　③ ぞうお　④ ないおう　⑤ ゆえん
⑥ ふしん　⑦ はたん　⑧ どきょう　⑨ くし　⑩ とうすい

【解説】

①「考えや知識などがあさいようす」のことです。
②「自分の考えをまげて、相手の考えや世間の風潮などに合わせ、おもねること」です。
「迎」を「ゲイ」と読むのは漢音で、呉音は「ギョウ」です。
③「にくみきらうこと」です。
④「おくふかいところ」のことです。
⑤「ゆえ」の変化したもので、「わけ」「理由」のことです。
⑥「建築」「土木工事」のことです。「請」を「シン」と読むのは唐音で、漢音は「セイ」、

呉音は「ジョウ」です。

⑦「物ごとがうまくいかなくなること」です。

⑧「声をたてて経文をよむこと」です。

⑨「思うままにつかいこなすこと」です。

⑩「気持ち良く酒に酔ってうっとりすること」「心をすっかりひきつけられてしまうこと」です。「陶」は「焼きもの」「人を教え導く」「のびる」「うれえる」などの意もありますが、ここでは「たのしむ」「よろこぶ」の意です。

問題5

次の傍線部の漢字の読み方をひらがなで書いてください。〈10点〉

① 捉える（　　　）　② 担ぐ（　　　）

③ 賑やか（　　　）　④ 滴る（　　　）

⑤ 弄ぶ（　　　）　⑥ 遮る（　　　）

⑦ 慈しむ（　　　）　⑧ 蘇る（　　　）

⑨ 萎える（　　　）　⑩ 悉く（　　　）

【解答】

①　とらえる　②　かつぐ
③　にぎやか　④　したたる
⑤　もてあそぶ　⑥　さえぎる
⑦　いつくしむ　⑧　よみがえる
⑨　なえる　⑩　ことごとく

【解説】

すべて訓読みの漢字です。

⑨「力がなくなり、動けなくなる」「しおれる」の意で、「足が萎える」「草花が萎える」などと使います。これ以外はすべて基本的な語ですから、説明は必要ないでしょう。それぞれの漢字を使った熟語を示しておきます。①捕捉（ほそく）②担任（たんにん）③殷賑（いんしん）④水滴（すいてき）⑤翻弄（ほんろう）⑥遮断（しゃだん）⑦慈悲（じひ）⑧蘇生（そせい）⑨萎縮（いしゅく）⑩悉知（しっち）

問題6

次の漢字の読み方を音読みはカタカナで、訓読みはひらがなで書いてください。〈10点〉

① 伏線（　　　）　② 筋肉（　　　）

③ 役場（　　　）　④ 桟橋（　　　）

⑤ 黒幕（　　　）　⑥ 津波（　　　）

⑦ 合羽（　　　）　⑧ 鋳型（　　　）

⑨ 雨具（　　　）　⑩ 脚立（　　　）

【解答】

① フクセン　② キンニク　③ ヤクば　④ サンばし　⑤ くろマク

⑥ つなみ　⑦ カッぱ　⑧ イがた　⑨ あまグ　⑩ キャたつ

【解説】

③・④・⑦・⑧・⑩が重箱読みで、⑤・⑨が湯桶読みです。

「肉」「幕」は音のみの漢字です。「津」の音は「シン」です。

問題7

次の傍線部は音読みで読む漢字です。傍線部分をカタカナで書いてください。〈5点〉

① 免許を更新する。（　　）　② 漸次快方に向かう。（　　）
③ 春宵の桜を楽しむ。（　　）　④ 富士山の麗容。（　　）
⑤ 大臣が更迭される。（　　）

【解答】
① コウシン　② ゼンジ　③ シュンショウ　④ レイヨウ　⑤ コウテツ

【解説】
①「更（さら）に新しくすること」を意味します。訓読みで考えると分かりやすいです。
②「だんだん」という意味です。「しばらく」の意味で使われる「暫時（ザンジ）」と混同しないようにしましょう。

③　西暦一一〇〇年頃の人物、蘇軾（そしょく）という人が書いた『春夜詩』に「春宵一刻値千金（しゅんしょういっこくあたいせんきん）」とあります。内容は、「春の夜は非常におもむきが深く、その一刻は千金にも換えがたいほどの価値があると思われること」を言います。

④「美しく麗（うるわ）しい姿」を言います。

⑤「ある地位や役目の人が代わる」という意味です。

問題8

次の傍線部のひらがなを漢字で書いてください。〈10点〉

① お金を銀行にあずける。（　　　）

② 重大な決意でのぞむ。（　　　）

③ いきさつをくわしく話す。（　　　）

④ 足をふまれる。（　　　）

⑤ 体力がおとろえる。（　　　）

⑥ 二人の仲をへだてる。（　　　）

⑦ 山をくずして道路を作る。（　　）

⑧ 急な注文をこばむ。（　　）

⑨ 相手の胸の内をさっする。（　　）

⑩ 友人をはげます。（　　）

【解答】

① 預　② 臨　③ 詳　④ 踏　⑤ 衰

⑥ 隔　⑦ 崩　⑧ 拒　⑨ 察　⑩ 励

【解説】

すべて訓読みの漢字で、語の説明は必要ありませんから、それぞれの漢字を使った二字熟語を示しておきます。

① 預金（よきん）　② 臨海（りんかい）　③ 詳細（しょうさい）

④ 雑踏（ざっとう）　⑤ 盛衰（せいすい）　⑥ 隔離（かくり）

⑦ 崩壊（ほうかい）　⑧ 拒否（きょひ）　⑨ 警察（けいさつ）

⑩ 奨励（しょうれい）

問題9

次の傍線部のひらがなを漢字で書いてください。〈10点〉

① 人をあざむくのは心苦しい。（　　）
② 最後の望みをたくす。（　　）
③ 手土産をたずさえる。（　　）
④ 苦境におちいる。（　　）
⑤ 仕事にしばられる。（　　）
⑥ 枯れ草でおおわれた野原。（　　）
⑦ 行く手をはばむ。（　　）
⑧ 夜がふけるまで語り合う。（　　）
⑨ 人前でもかまわず言い争う。（　　）
⑩ 政界からほうむられる。（　　）

【解答】

① 欺　② 託　③ 携　④ 陥　⑤ 縛
⑥ 覆　⑦ 阻　⑧ 更　⑨ 構　⑩ 葬

【解説】

すべて訓読みの漢字で、語の説明は必要ありませんから、それぞれの漢字を使った二字熟語を示しておきます。

①　詐欺（さぎ）　②　委託（いたく）　③　提携（ていけい）

④　陥没（かんぼつ）　⑤　束縛（そくばく）　⑥　覆面（ふくめん）

⑦　阻止（そし）　⑧　更迭（こうてつ）　⑨　構成（こうせい）

⑩　葬儀（そうぎ）

問題10

次の傍線のカタカナを漢字で書いてください。〈10点〉

①　班ごとにテン呼をとる。（　　　）

②　彼の研究は多キにわたる。（　　　）

③　風テイの怪しい人がいる。（　　　）

④　ザン定予算を組む。（　　　）

⑤　派手な演出にド肝をぬかれた。（　　　）

⑥　適ギ問題を処理していく。（　　　）

⑦　彼は、キ然としていた。（　　　）

⑧ ナ落の底に落ちる。（　　　　）
⑨ 優勝して天皇シ杯を手にする。（　　　　）
⑩ 契約書にナッ印する。（　　　　）

【解答】

① 点　② 岐　③ 体　④ 暫　⑤ 度
⑥ 宜　⑦ 毅　⑧ 奈　⑨ 賜　⑩ 捺

【解説】

③「風体」は、人の様子や身なりのこと。「ふうたい」とも読みます。
④「暫」を「漸」と書く間違いが多いので注意。
⑦「毅然」は、気持ちが強くしっかりしていて、ものに動じない様子の意味です。
⑧「奈落」は、絶望的などん底の世界。仏教では、地獄のことです。

問題11

次の傍線部のカタカナは音を、ひらがなは訓を表します。傍線部分を漢字で書いてください。〈10点〉

①口頭シモンを受ける。（　　）
②根性でつらぬく。（　　）
③公害のジッタイを知る。（　　）
④恩賞をたまわる。（　　）
⑤ヨウケイ場直送の卵。（　　）
⑥薬で胃をなおす。（　　）
⑦靴下をはく。（　　）
⑧ソガイ感に苦しむ。（　　）
⑨優雅によそおう。（　　）
⑩終身コヨウ制度。（　　）

【解答】

①試問　②貫く　③実態　④賜る　⑤養鶏
⑥治す　⑦履く　⑧疎外　⑨装う　⑩雇用

【解説】

①「口頭で答えさせる試験」を意味します。

② 音読みでは「カン」です。本来は、「穴を開けて抜き通すこと」を指しました。また、昔は重さや貨幣（かへい）の単位にも使われました。

③「実際の状態」を意味します。ものの内容を指す「実体」と混同しないようにしましょう。

④「目上の人が目下の者に物を与えたり、命令を下すこと」を意味します。東京都台東区にある『上野恩賜（おんし）公園』は明治天皇から賜った公園です。

⑤「にわとりを食肉・採卵用に飼育する場所」のことです。

⑥「病気やケガを治療して正常な状態にすること」を意味します。「直す」は「悪いところをなくして正しくすること」に使います。

⑦ 元の意味は、「人が足で道を踏み歩くこと」を指しました。ある資格を得ることを「履修（りしゅう）」と言いますが、「道を歩くことを修（おさ）める」ということを考えると、重要な意味がそこにはあるのだということを改めて感じさせます。

⑧「よそよそしくのけものにすること」を意味します。ヘーゲルやマルクスの哲学にもこの言葉は登場します。

⑨ 熟語で「衣装」と使います。また、「衣裳」も同じ意味の言葉です。

⑩「人を雇（やと）うこと」を意味します。「雇」の字源は、「カゴの戸を閉じて、中に鳥を飼うこと」を表していました。

問題12

次の傍線のカタカナを漢字で書いてください。〈10点〉

① 情報の収集にホンソウする。（　　）
② 株主総会はフンキュウした。（　　）
③ 損害をホショウする。（　　）
④ 先輩にケイジする。（　　）
⑤ 宮中にサンダイする。（　　）
⑥ 桜が咲くとは秋のチンジだ。（　　）
⑦ 彼の動きはとてもビンショウだ。（　　）
⑧ 機械は一日中カドウしている。（　　）
⑨ 洪水のサイカに見舞われる。（　　）

⑩　この小説はフキュウの名作だ。　（　　　）

【解答】

①　奔走　②　紛糾　③　補償　④　兄事　⑤　参内

⑥　椿事　⑦　敏捷　⑧　稼働　⑨　災禍　⑩　不朽

【解説】

④「兄事」は、他人を自分の兄のように敬って接することを言います。

⑤「参内」は、宮中に行くことです。

⑥「椿事」は、めずらしいできごとの意味です。

⑦「敏捷」は、動作がすばしこいことです。

問題13

次の傍線部のカタカナを漢字で書いてください。〈10点〉

①　悪政のギセイになる。　（　　　）

②タンテキな表現を心掛ける。（　　）
③莫大な資本のチクセキ。（　　）
④事件のリンカクが明らかになる。（　　）
⑤障害物をハイジョする。（　　）
⑥ほろにがいカンショウにひたる。（　　）
⑦ダラクした生活を送る。（　　）
⑧わかりやすい表現でカンゲンする。（　　）
⑨人生の意義についてはカイギ的だ。（　　）
⑩環境保全運動にケイトウする。（　　）

【解答】

①犠牲　②端的　③蓄積　④輪郭　⑤排除
⑥感傷　⑦堕落　⑧換言　⑨懐疑　⑩傾倒

【解説】

①「犠」も「牲」も「いけにえ」という意味です。「犠」を「儀」、「牲」を「性」と間

違えないようにしてください。

②「率直なようす」のことです。

③「たくわえ、つむこと」です。「積」を「績」と間違えないようにしてください。

④「輪」を「倫」と間違えないようにしてください。

⑤「排」を「俳」と間違えないようにしてください。

⑥「感じて心がきずつくこと」「淡い悲しみを感じてしんみりすること」です。「かんしょう」には「干渉」（立ち入って世話をやくこと）「鑑賞」（芸術作品を理解し、味わうこと）など、同音異義語が数多くあります。

⑦「堕」も「落」も訓は「おちる」です。

⑧「別のことばであらわすこと」「言いかえること」です。「かんげん」には「還元」（もとにかえること）「管弦」（音楽を奏でること）など、同音異義語が数多くあります。

⑨「うたがいをもつこと」「決定的な考え方をもつことができず、心が動揺していること」です。「かいぎ」には「会議」（あつまって相談・議論すること）「解義」（意味を説すること）などの同音異義語があります。

⑩「その人や物のよさに心を奪われ、それに熱中すること」「その事に全心を傾け、没

入すること」です。「けいとう」には「系統」（順序正しいつながりのこと）「継投」（野球で、前の投手のあとをうけて投球すること）などの同音異義語があります。

問題14

次の傍線を引いたカタカナの言葉を漢字で書いてください。〈10点〉

① 責任をツイキュウする。（　　）
② 銀行のカードのアンショウ番号。（　　）
③ 彼はトクシ家として有名です。（　　）
④ 鉄道をフセツする。（　　）
⑤ キョウハク観念に悩まされる。（　　）
⑥ 昇進は時期ショウソウだ。（　　）
⑦ 故国を離れて幾セイソウ。（　　）
⑧ ユウキュウなる大自然。（　　）
⑨ 人口がテイゲンする。（　　）
⑩ シシがないため、養子をとった。（　　）

【解答】

①追及　②暗証　③篤志　④敷設　⑤強迫

⑥尚早　⑦星霜　⑧悠久　⑨逓減　⑩嗣子

【解説】

すべて、同音異義語がある熟語です。主なものを挙げておきます。

①追及…責任を厳しく問い詰めること。
追求…ほしいものを手に入れようと追いもとめること。
追究…深くつきつめて研究すること。

②暗証…ひそかに証明すること。
暗唱（暗誦）…そら覚えに覚えて読むこと。
暗礁…水中にかくれて見えない岩。転じて、思いがけない困難にたとえる言葉になっています。

③篤志…損得ぬきで、社会や困っている人たちのためにカをかそうとする気持ち。
特使…特別の任務を帯びて派遣される使者。

④敷設…鉄道をしいたり、水道管・ガス管・電線などを設備すること。

符節…二つのものがぴったりあう様子。

⑤ 付設（附設）…付属して設置すること。

強迫…無理におしつけ、せまること。

脅迫…無理やり何かをさせようとして、相手を強くおどかすこと。

⑥ 尚早…条件がそろわず、早すぎること。

焦燥…あせって心が落ち着かないこと。

少壮…若くて、元気があること。

⑦ 星霜…過ぎ去った長い年月。

正装…儀式などのための正式の服装。

盛装…華やかに美しく着飾ること。

⑧ 悠久…時代が久しいこと。

遊休…設備などが使われないで休んでいること。

⑨ 逓減…だんだんと減ること。

低減…量が少なくなること。程度が低くなること。

提言…自分の考えや意見を他に示すこと。

⑩ 嗣子…家のあとつぎ。
四肢…両手両足。
志士…国家・社会や理想のために尽くそうというこころざしをもった人。

(2) 同音異義語と同訓異字語

問題15

次の（　）内に入る漢字をⓐ～ⓒから選んでください。〈5点〉

① （ⓐ動謡ⓑ童謡ⓒ動揺）の色を隠せない。
② （ⓐ不祥ⓑ不肖ⓒ不詳）事をおこした。
③ 今年の（ⓐ抱富ⓑ豊富ⓒ抱負）を語る。
④ （ⓐ週間ⓑ週刊ⓒ周刊）誌を読む。
⑤ （ⓐ優秀ⓑ有終ⓒ憂愁）の美を飾る。

【解答】

①ウ　②ア　③ウ　④イ　⑤イ

【解説】

①　読みは「ドウヨウ」。イは「子供が歌う歌」の意。この文章から考えると、ウの「動揺」「心が揺れ動いて、不安で落ちつかない。」の方が正しい。アの漢字のような間違いに気をつけてください。

②　読みは「フショウ」。「ふしょうじ」という言葉で考えていくと、「不祥事」が正しいとわかります。「不祥」は「めでたくないこと。運の悪いこと。災難。」などの意味があります。「試験問題が外に洩れるという不祥事が、ある大学でおきました。」とニュースで流れたりします。「好ましくない事柄、事件」という意味です。「不肖」は「愚かなこと」「不詳は「くわしくわからないこと。」

③　読みは「ホウフ」。「心中に抱く志望や決意。」を語るという文なので、ウの「抱負」が正しい。イの「豊富」は、「豊かに富んでいること。」の意。「経験が豊富。」などというときに使います。

④　読みは「シュウカン」。「シュウカンシ」は、「一週間に一回ずつ発行、発刊される

雑誌」のことです。つまり、イ「週刊」が正解です。ア「週間」は「七日間、一週のあいだ。」の意です。

⑤ 読みは「ユウシュウ」。「有終の美を飾る。」はイが正しい。「最後までやり通して、立派な成果をあげること。終わりを立派にすること。」の意です。ア「優秀」、「非常にすぐれていること。」と間違えないようにしてください。

問題16

次のA～Eの（　）に、同音の漢字を書いて、文を完成させてください。〈10点〉

A ① 繁（　）街を歩く。 ② （　）敵に攻めて勝つ。

B ① 投票を（　）権する。 ② 裁判官を（　）避する。

C ① 彼は凡（　）な人物だ。 ② 候補者を（　）立する。

D ① （　）底的に話し合う。 ② 要求を（　）回する。

E ① 規制を（　）和する。 ② （　）忍してください。

【解答】

A　①華　②果　B　①棄　②忌　C　①庸　②擁

D　①徹　②撤　E　①緩　②堪

【解説】

Bの②「忌避」は、嫌って避けるという意味です。

Cの②「擁立」は、ある人を支持し、もりたてて位や地位につかせることを言います。

問題17

次の（　）に「ソウ」の音の漢字を入れて、熟語にしてください。〈10点〉

①乾（　）　②（　）動

③清（　）　④（　）難

⑤病（　）　⑥（　）雲

⑦勇（　）　⑧（　）話

⑨逃（　）　⑩（　）失

【解答】

① 燥　② 騒　③ 掃　④ 遭　⑤ 巣
⑥ 層　⑦ 壮　⑧ 挿　⑨ 走　⑩ 喪

【解説】

「ソウ」と音読みする漢字は、常用漢字で三十五字、常用漢字以外も含めると、百何十字にもなります。

問題18

次の傍線部のカタカナを漢字で書いてください。〈10点〉

① 意味シンチョウな言葉。（　　）
② シンチョウに審議する。（　　）
③ キュウハクした国際関係。（　　）
④ 財政がキュウハクする。（　　）
⑤ ハイスイの陣。（　　）

⑥ 工場ハイスイが出た。（　　　）
⑦ 利潤をツイキュウする。（　　　）
⑧ 真理をツイキュウする。（　　　）
⑨ 業務がシュウリョウする。（　　　）
⑩ 中学校課程がシュウリョウする。（　　　）

【解答】

① 深長　② 慎重　③ 急迫　④ 窮迫　⑤ 背水
⑥ 廃水　⑦ 追求　⑧ 追究　⑨ 終了　⑩ 修了

【解説】

①②は「シンチョウ」の同音異義語です。
①は「意味深長」という四字熟語の一部です。「奥深い意味がある様子」をいいます。「身長」などと間違えないようにしてください。
②は「注意深く物事をおこなう」の意。「重」を「長」と書かないようにしてください。
③④は「キュウハク」の同音異義語。

③は「平穏無事には済まなくなりそうになること。」
④は「経済的なゆとりが無くなり、衣食住に困ること」。「窮」は「きわまる・くるしむ」の意味があります。
⑤⑥は「ハイスイ」の同音異義語。
⑤「背水の陣」は、川や海を背にして陣を構えることから、「これ以上抜け出せない、最後の決戦をする構え」の意です。
⑥「廃」は、「すたれる、すてる、のぞく」などの意があります。よって「廃水」は、「使用ずみとして捨てられた、きたない水」の意です。
⑦⑧は「ツイキュウ」の同音異義語。
⑦は「目的や利潤などを追い求めること。」
⑧は「どこまでもつきつめて、明らかに（研究）しようとすること」の意。「追窮」とも書きます。
⑨⑩は「シュウリョウ」の同音異義語。
⑨は「予定通り終わること。」
⑩は「一定の課程（学業）を残りなく修めること。」

問題19

次の傍線部のひらがなを漢字で書いてください。〈6点〉

①　役所で事務をとる。（　　）　②　アイドルをカメラでとる。（　　）
③　台風で屋根がいたむ。（　　）　④　頭がズキズキいたむ。（　　）
⑤　未熟でかたい表現だ。（　　）　⑥　団結がかたいクラスだ。（　　）

【解答】

①　執　②　撮　③　傷　④　痛　⑤　硬　⑥　固

【解説】

①②は「と（る）」の同訓異字語。

①「執」は「つかさどる、あつかう、まもる」などの意。

②「写真を写す」の意。「撮影」とも書きます。

③④は「いた（む）」の同訓異字語。

③は「損害、損傷を与える」の意。

⑤⑥は「かた（い）」の同訓異字語。
⑤は「つよい、じゅうぶんに熟していない」の意。

問題20
次の傍線部のカタカナを漢字で書いてください。〈10点〉

① 敬意をアラワす。（　　）
② 正体をアラワす。（　　）
③ 人徳をアラワす。（　　）
④ 本塁をツく。（　　）
⑤ 新しい仕事にツく。（　　）
⑥ 車のドアにきずがツいた。（　　）
⑦ 列車が駅にツくよ。（　　）
⑧ 先生のススめる学校。（　　）
⑨ 大会参加をススめる。（　　）
⑩ 歩をススめる。（　　）

【解答】
① 表　② 現　③ 顕　④ 突　⑤ 就
⑥ 付　⑦ 着　⑧ 薦　⑨ 勧　⑩ 進

【解説】

①②③は「あらわす」の同訓異字語です。

①「表す」は「はっきり示す。」の意。

②「現す」は「見えるようにする」の意。

③「顕す」は「広く世間に知らせる。」の意。

④⑤⑥⑦は「つく」の同訓異字語です。

④「突く」は「鋭くねらう」の意。他に、「強い衝撃を与える」「からだの支えにする」などの意もあります。

⑤「就く」は「ある役・状態などに身を置く。」の意。「何らかの地位に就く」という場合、「即く」とも書きます。

⑥「付く」は「何かがそこから離れない状態になる」の意。

⑦「着く」は「ある場所に到達する。」の意。

⑧⑨⑩は「すすめる」の同訓異字語です。

⑧「薦める」は「自分の意見を伝えて、人に実行するように促す。」の意。

⑨「勧める」「何かをさせようと働きかける。」の意（「奨める」でもよい。）

⑩「進める」は「前の方へ行かせる。」の意。

(3) 仮名づかいと送り仮名・誤字を正す

問題21

次の各文の中に、送り仮名が間違っているものがあれば一文節で抜き出して正しく書き直し、なければ○を書いてください。〈10点〉

① 報告は手短かに行え。（　　）
② 仕事の合い間に語り合う。（　　）
③ 二人が組になって担ぐ。（　　）
④ 惨めな気持ちを味わわせる。（　　）
⑤ 失政で人々の暮らしが脅やかされている。（　　）
⑥ 情ない話だが、迷子になってしまいました。（　　）
⑦ 最寄の駅まで、人の波に逆らって急ぎ足で歩いた。（　　）

⑧ 新しいパソコンに慣れるのは、並み大抵のことではない。（　）
⑨ この私小説は、彼の心の憂いを鮮かに描き切っている。（　）
⑩ 折りからの雨で、祭りの客達は慌てて家に帰った。（　）

【解答】
① 手短に　② 合間に　③ 組みに　④ ○　⑤ 脅かされて
⑥ 情けない　⑦ 最寄りの　⑧ ○　⑨ 鮮やかに　⑩ 折からの

【解説】
内閣告示「送り仮名の付け方」（昭和56年）が拠り所となります。
①の「手短に」は、通則６に示された「名詞＋形容詞の語幹＋だ」の形です。形容詞「短い」の語幹は「みじか」だから、「手短」となって「か」を送りません。
②の「合間」は、通則７「複合の語のうち、次のような名詞は、慣用に従って、送り仮名を付けない」もののうち、「一般に、慣用が固定していると認められるもの」として挙げられています。
③は、すこし厄介です。原則は「活用のある語から転じた名詞（『動き』など）は、も

との語の送り仮名の付け方によって送る」のですが、例外として「組」や⑩に出てきた「折」を認めています。ただし、例えば「活字の組みがゆるむ」というような場合の「くみ」には「組む」という動詞の意識が残っているので送り仮名を付ける、と説明されています。③の「くみ」では、「二人が組む」という動詞の意識が残っているので、「組み」とします。⑩の「折」の場合は、「折る」という動詞の意識が残っていませんので、「折」とします。

⑤の「脅かす」は、「活用のある語は、活用語尾を送る」という通則1の本則があって、その例外として挙げられている語です。本則どおりなら「脅す」となるところです。

⑥の「情け」は、「名詞は送り仮名を付けない」という通則3の本則があり、その例外として挙げられています。「最後の音節を送る」ことになっています。

⑦の「最寄り」は、通則7の「付表の語」の項で「最寄り」と送るように決められています。

⑨の「鮮やか」は、通則1の例外「活用語尾の前に、『か』、『やら』、『らか』を含む形容動詞は、その音節から送る」によっています。

問題22

次の歴史的仮名遣いの部分を、現代仮名遣いに直してひらがなで〔　〕に書いて下さい。また、その言葉を漢字で（　）に書いてください。〈5点〉

① はう便〔　　〕（　）便
② ちう夜〔　　〕（　）夜
③ くわ子〔　　〕（　）子
④ 至きふ〔　　〕至（　）
⑤ れう理〔　　〕（　）理

【解答】

① ほう・方　② ちゅう・昼　③ か・菓　④ きゅう・急　⑤ りょう・料

【解説】

歴史的仮名遣いでは、次の原則があります。

① 語頭以外の「は・ひ・ふ・へ・ほ」は「わ・い・う・え・お」と読む。

②「ぢ・づ・ゐ・ゑ・を」は「じ・ず・い・え・お」と読む。
③「くわ・ぐわ」は「か・が」と読む。
④「au」「iu」「eu」「ou」の音は、それぞれ「o」「yu」「yo」「o」と読む。

この原則にしたがって、機械的に行いましょう。

①の「はう」は、hau→ho「ほう」となります。
②の「ちう」は、tiu→tyu「ちゅう」となります。
③の「くわ」は「か」となります。
④の「きふ」は、①の原則から「きう」となり、さらに④の原則によって、kiu→kyu「きゅう」となります。
⑤の「れう」は、reu→ryo「りょう」となります。

問題23

次の傍線部のひらがなを漢字で書き、送りがなも書いてください。〈5点〉

① 用事をうけたまわる。（　　）
② 果肉がやわらかい。（　　）
③ うるおいのある髪。（　　）
④ みじかい棒を使う。（　　）
⑤ おもむろに起き上がる。（　　）

【解答】

① 承る　② 柔らかい　③ 潤う　④ 短い　⑤ 徐に

【解説】

①③④は、活用のある語です。このような場合は、活用語尾のみを送るのが原則です。

⑤は「徐」一字で「おもむろ」と読みます。

問題24

次の傍線のひらがなを、漢字と送り仮名で書いてください。〈10点〉

① その光景が心にとまった。（　　）
② 不治の病におかされる。（　　）
③ 吊り橋をかける。（　　）
④ 不意をつかれて驚いた。（　　）
⑤ 宇宙はきわまりがない。（　　）
⑥ 腹の虫がおさまらない。（　　）
⑦ その国との外交関係をたつ。（　　）
⑧ おかしくてぷっとふき出した。（　　）
⑨ 傘をさすのが面倒だ。（　　）
⑩ 仲間とかたく握手をする。（　　）

【解答】

① 留まった　② 冒される　③ 架ける　④ 突かれて　⑤ 窮まり
⑥ 納まらない　⑦ 絶つ　⑧ 噴き　⑨ 差す　⑩ 固く

【解説】

①「留まる」は、印象が消えないで残る、という意味をもっています。

② 害を与えるのが「冒す」、法や道徳にそむくことをするのが「犯す」、他国に無断で入り込んだり、人の権利をそこなうのが「侵す」です。

③ 橋や電線などをかけわたす場合に「架ける」、命や賞金をかけるときに「懸ける」を使うほかは、「掛ける」が一般的表記です。

④「不意を突く」の「突く」は、攻撃するという意味です。

⑤「窮まる」は、限界まで行きつくして、そこから先へ進めないという意味です。「極まる」は、程度がこの上ないという意味です。

⑥「納まる」は「きちんとおちつく」という意味、「収まる」は「なかに入る」という意味、「治まる」は「鎮まる」の意味です。

⑦「絶つ」は「続いていたものが途切れる」という意味です。「断つ」は「切り分ける・やめる」という意味です。

⑧「噴く」は、液体や気体などが勢いよく出る場合に使います。
⑨方向をさすばあいは「指す」ですが、「差す」が一般的な表記です。
⑩「まとまっている・ばらばらにならない」という意味を噴くんでいるのが「固い」、「中がつまっている・確実」という意味を含んでいるのが「堅い」、石や顔の表情、表現などがかたい場合は「硬い」を使います。

問題25

次のカタカナの部分の正しい漢字を（　）内から選んで書いてください。〈5点〉

① サイバイ農業。（裁陪／栽培）
② 私のニンシキ不足だ。（認識／認織）
③ 水がシンスイしてきた。（侵水／浸水）
④ ベンギをはかる。（便宜／便宣）
⑤ 全軍をトウスイする。（統師／統帥）

【解答】

①　栽培　②　認識　③　浸水　④　便宜　⑤　統帥

【解説】

①「栽」は「草木をたてたり、切ったりする。」の意。「裁」は「さばく、たち切る」の意。ここでは、「食物を植えて育てる」という意味の「栽培」が正しいのです。

③「浸」（シ「水」「おかす」）。「水がしだいにおかす」の意。「侵」は（人＋帚＋又）「人がほうきを手にしてはきすすむ」の意。ここでは「浸水」が正しいのです。

④「宜」は「よろしい、よい。」の意。「宣」は、「めぐりわたる。のべる」の意。似たような形ですが、「ベンギ」の意味は「都合のよいこと。」であるから、「便宜」が正しいのです。

問題26

次の各文中に誤字があれば、例にならって、誤字を抜き出して正しい漢字を書いてください。誤字がなければ、○を書いてください。〈10点〉

例　専問家の話を聞く。　（問→門）

① 当所から不思議な展開だった。（　　）
② 叔父の予言が見事適中した。（　　）
③ 消防所の隣の建物は警察です。（　　）
④ 有志の問題指摘に解答する。（　　）
⑤ 更迭は単なる移動ではない。（　　）
⑥ 快心の出来栄えに満足する。（　　）
⑦ 収穫した稲を早速脱殻する。（　　）
⑧ 陰険な恐喝事件を捜査する。（　　）
⑨ 黙否権を行使して保身を図る。（　　）
⑩ 裁判官は矢次早に詰問した。（　　）

【解答】

① 所↓初　② 適↓的　③ 所↓署　④ 解↓回　⑤ 移↓異

⑥ 快↓会　⑦ 殻↓穀　⑧ ○　⑨ 否↓秘　⑩ 次↓継

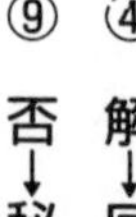

【解説】

②「的中」は、的に命中することから、予想や推測などがぴたりと当たる意味です。
④要求や問い合わせに答えるのが「回答」、問題などを解いてその答えを示すのが「解答」です。
⑤組織のなかで地位や仕事がかわるのが「異動」で、場所をかえるのが「移動」です。
⑥「会心」は、うまくいって心から満足するという意味です。「快心」という熟語はありません。

(4) 部首の理解と筆順・画数

問題27
次の三つの漢字に同じ部首を付けると、それぞれ別の漢字になります。どんな部首を付けたらいいか、部首名を書いてください。〈5点〉

①白・以・犬（　　）　②土・予・占（　　）
③包・市・旨（　　）　④列・者・動（　　）
⑤直・者・非（　　）

【解答】

① にんべん　② まだれ　③ にくづき

④ れんが（れっか・よつてんあし）　⑤ あみがしら（あみめ・よこめ）

【解説】

① 伯・似・伏、② 庄・序・店、③ 胞・肺・脂、④ 烈・煮・勲、⑤ 置・署・罪、となります。

問題28

次の漢字と同じ部首に属する漢字を〔　〕から一つ選んで〔　〕に書き出し、その部首名も書いてください。〈5点〉

① 問〔開・関・唱〕〔　　〕〔　　　〕

② 歓〔勧・欧・飲〕〔　　〕〔　　　〕

③ 党〔常・売・光〕〔　　〕〔　　　〕

④ 騰〔券・謄・驚〕〔　　〕〔　　　〕

⑤ 盲 〔瞬・忘・妄〕（　　）（　　）

【解答】

① 唱（くち）　② 欧（あくび・かける）

③ 光（ひとあし・にんにょう）　④ 驚（うま）　⑤ 瞬（め）

【解説】

①「門」が使われていても、部首が「もんがまえ」でない漢字があります。例えば「問」は口、「聞」は耳、「悶」は心が部首です。

②「飲」は「しょくへん（たべるへん）」、「勧」の部首は力です。

③「売」は士、「常」は巾が部首です。

④「券」は刀、「謄」は言が部首です。

⑤「忘」は心、「妄」は女が部首です。

※漢字の部首は、辞書によって違う場合があります。

問題29

例にならって、次の漢字の部首の画数と部首名を書いてください。〈10点〉

例：議　〔七〕（ごんべん）

①酸〔　〕（　　　）　②衛〔　〕（　　　）

③窮〔　〕（　　　）　④衰〔　〕（　　　）

⑤整〔　〕（　　　）　⑥募〔　〕（　　　）

⑦虚〔　〕（　　　）　⑧膨〔　〕（　　　）

⑨幽〔　〕（　　　）　⑩既〔　〕（　　　）

【解答】

①　七（とりへん・さけづくり・ひよみのとり）　②　六（ぎょうがまえ・ゆきがまえ）

③　五（あなかんむり）　④　六（ころも・わりごろも）

⑤　四（のぶん・ぼくづくり・ぼくにょう）　⑥　二（ちから・りきづくり）

⑦　六（とらがしら・とらかんむり）　⑧　四（にくづき）

⑨ 三（いとがしら・よう）　⑩ 四（なし・ぶ・むにょう）

【解説】

⑩の「既」の部首は「　」で、四画です。

問題30

次の漢字の太い部分は、何画目に書きますか。また、総画数は何画ですか。それぞれ漢数字で書いてください。〈5点〉

①臣　②虚　③防　④棄　⑤凹

【解答】

① 一・七　② 一・十一　③ 六・七　④ 五・十三　⑤ 二・五

【解説】

① 臣…　丨　厂　[illegible]　[illegible]　[illegible]　臣

② 虚…　[illegible]　[illegible]　[illegible]　[illegible]　[illegible]　虚

③ 防… ㇇ 阝 阝' 阝亠 阝方 防

④ 棄… 亠 亣 亠 奋 奋 棄

⑤ 凹… ㇄ ㇄ 凵 凹 凹

問題31
次の漢字は月の異称です。読み方をひらがなで書いてください。〈5点〉

① 師走（　　　）　② 如月（　　　）

③ 文月（　　　）　④ 水無月（　　　）

⑤ 卯月（　　　）

【解答】
① しわす　② きさらぎ　③ ふみづき（ふづき）　④ みなづき　⑤ うづき

【解説】
ここで挙げた月の異称は代表的なもので、陰暦（月の満ち欠けを基準として作った暦）

による呼び方です。

① 十二月のこと、他に「極月」「春待月」などとも呼ばれています。

② 二月のこと。「衣更着、寒さが厳しく、重ね着をする」意からきています。

③ 七月のこと。「ふづき」とも呼びます。

④ 六月のこと。雨がたくさん降る頃なのに、水無月とは、おもしろいものです。

⑤ 四月のこと。「卯花月」などとも呼ばれます。

なお、一月は睦月（むつき）、三月は弥生（やよい）、五月は皐月（さつき）、八月は葉月（はづき）、九月は長月（ながつき）、十月は神無月（かんなづき）、十一月は霜月（しもつき）と呼びます。

問題32

次の言葉が表している年齢を、漢数字で〔　〕に書いてください。また、その読み方をひらがなで（　）に書いてください。〈6点〉

① 耳順〔　　　〕（　　　　　）　② 而立〔　　　〕（　　　　　）

③ 古希〔　　　〕（　　　　　）　④ 傘寿〔　　　〕（　　　　　）

⑤ 桑年（　　）（　　）　⑥ 華甲（　　）（　　）

※はみだし問題

「皇寿」という言葉があるとしたら、何歳だと思いますか。

【解答】

① 六十・じじゅん　② 三十・じりつ　③ 七十・こき

④ 八十・さんじゅ　⑤ 四十八・そうねん　⑥ 六十一・かこう

【解説】

① 「耳順」は論語の「六十而耳順」からきた言葉で、六十歳の別称です。

② 「而立」も論語の「三十而立」からきた言葉で、三十歳の別称です。

③ 「古希」は杜甫の「人生七十古来稀なり」の語句からきた言葉で、七十歳の別称。また七十のお祝いを表します。

④ 「傘寿」は「傘」の略字「」が八十に見えることから、八十のお祝いを表します。

⑤ 「桑年」は「桑」の俗字の「」を字画に分けると、十が四つに八が一つとなることから、四十八歳の別称となったものです。

⑥「華甲」は「華」の正字が十の字を六つと一とから成っており、甲は十干の第一番目であることから、人が六十歳となって、生まれ年の干支をむかえること（＝還暦）を言います。

※はみだし問題の「皇寿」は、「皇」の字画を分けて、白と一と十一で百十一歳のお祝いとなります。

第2章

熟語と語句の知識に挑戦

(1) 二・三・四字熟語の練習

問題1
次の熟語では、「下」はどんな意味を表していますか。それぞれ後のア～コから選んで、記号を記してください。〈8点〉

①下見（　）　②下手人（　）
③沈下（　）　④下心（　）
⑤門下（　）　⑥殿下（　）
⑦下旬（　）　⑧階下（　）

ア　身分が低い　イ　高いところから低いところに移る
ウ　敬う気持ちをあらわす　エ　前もってする
オ　ある点より低いところ　カ　表に出ないところ
キ　実際に行う　ク　あるところに属する
ケ　都から離れていく　コ　順序が後のほう

【解答】

①エ　②キ　③イ　④カ
⑤ク　⑥ウ　⑦コ　⑧オ

【解説】

選択肢アの「身分が低い」の例に「下男・下克上」などがあります。また、ケの「都から離れていく」例には「西下」「南下」などがあります。

問題２

次の熟語の意味として正しいものを、後のア〜コの中から選んで記号で答えてください。
〈５点〉

①威嚇（　）　②弾劾（　）　③伯楽（　）
④吝嗇（　）　⑤凌駕（　）

ア　釣り好きな人
イ　馬のよしあしを見分ける人

ウ　他をこえて上に出ること
エ　他をさげすみばかにすること
オ　おどしつけること
カ　威厳を保つこと
キ　けち
ク　派手好き
ケ　権力によって押さえつけること
コ　不正を調査し公開し責任を問うこと

【解答】
①オ　②コ　③イ　④キ　⑤ウ

【解説】
①「いかく」と読み、「威嚇射撃」「敵を威嚇する」などと使います。
②「だんがい」と読みます。「劾」には「追求する」という意味があります。
③「はくらく」と読みます。中国周代の伝説に出てくる人名から取ったと言われていま

す。「博労（ばくろう）」という言い方もあります。
④「りんしょく」と読みます。「吝」も「嗇」も「惜しむ」という意味を持つ語です。
⑤「りょうが」と読みます。「凌」も「駕」も「しのぐ」という意味を持ちますが、「駕」には「乗りこなす」転じて「上に出る」という意味もあります。「陵駕」とも書きます。

問題３

次の熟語の意味として正しいものを、それぞれ後のア〜コの中から選んで、記号で答えてください。〈５点〉

①　邂逅（　　　　）　②　諧謔（　　　　）
③　磊落（　　　　）　④　無聊（　　　　）
⑤　咀嚼（　　　　）

ア　悲しみに耐えられず、涙を流すこと　イ　小さいことにこだわらないこと
ウ　思いがけなく会うこと　エ　懐かしく思い出すこと
オ　他人をばかにした態度　カ　おもしろい冗談

キ　領土を借りて、統治すること　　　ク　よく、かみくだくこと
ケ　退屈なこと　　　　　　　　　　　コ　行いが悪いこと

【解答】

①ウ　②カ　③イ　④ケ　⑤ク

【解説】

やや難しい熟語かもしれません。特に読み方をこの機会に覚えてください。

①「かいこう」と読みます。「邂」・「逅」ともに「あう」という意味があります。「邂逅」には「めぐりあい」という意味もあります。

②「かいぎゃく」と読みます。「諧」・「謔」ともに「おどける」という意味があります。「諧謔をもてあそぶ」などと言います。

③「らいらく」と読みます。「磊」は石が三つで、大きな石がごろごろ転がっているイメージで、そこから度量の大きいことにつながります。

④「ぶりょう」と読みます。「聊」には「楽しむ」という意味があります。

⑤「そしゃく」と読みます。「咀」・「嚼」ともに「かむ」という意味があります。食

べ物だけでなく、「物事や文章の意味をよく考え味わう」という使い方もあります。

問題４

次の二字熟語の構成は、後のＡ～Ｆのどれに当てはまりますか。それぞれ記号を記してください。〈15点〉

①美辞（　）　②日照（　）　③経緯（　）
④無論（　）　⑤棄権（　）　⑥打撲（　）
⑦年長（　）　⑧出納（　）　⑨執務（　）
⑩駆逐（　）　⑪巧拙（　）　⑫晩秋（　）
⑬非常（　）　⑭起伏（　）　⑮拘束（　）

Ａ　意味の似た漢字を重ねたもの
Ｂ　反対の意味の漢字を重ねたもの
Ｃ　上の漢字が下の漢字を修飾しているもの
Ｄ　下の漢字が上の漢字の目的・対象を示すもの
Ｅ　主語と述語の関係になっているもの

F　上に打ち消しの意味を表す漢字がくるもの

【解答】

①C　②E　③B　④F　⑤D
⑥A　⑦E　⑧B　⑨D　⑩A
⑪B　⑫C　⑬F　⑭B　⑮A

【解説】

①「辞」は言葉。「美しい」が「辞」を修飾しています。
②「日」が「照」る。主語・述語の関係になっています。
③「経」はたて糸、「緯」は横糸を表し、反対の意味です。
④論が「無」いこと。「無」は打ち消しを表しています。
⑤権利を「棄」てる。「権」が対象を表しています。
⑥「打」は打つ、「撲」は手で打ちつけるで、似た意味です。
⑦「年」が「長」けている、で主語・述語の関係です。
⑧「出」は出ていく意味で、「納」はとり入れる意味です。

⑨ 事「務」を「執」る。「執る」はとり行うという意味です。
⑩「駆」は追い立てる、「逐」は追いはらう意味です。
⑪「巧」はうまいこと、「拙」はつたなく、へたなことです。
⑫「晩」はおそい意味で「秋」を修飾しています。
⑬「常」に「非」ず。「非」は打ち消しです。
⑭「起」は土地が高くなっている所で、「伏」は低くなっている所を表します。
⑮「拘」はとらえる、「束」は動きがとれないようにしばる、で似た意味の漢字です。

問題５
次の各組の熟語の中で、ほかの四つと組み立ての違うものを選んで、記号で答えてください。〈５点〉

① a 樹木　b 悲哀　c 売買　d 尊敬　e 聴聞　（　　）
② a 地震　b 腰痛　c 気鋭　d 人造　e 急流　（　　）
③ a 混合　b 集散　c 伸縮　d 疎密　e 緩急　（　　）
④ a 絶縁　b 入試　c 借金　d 観劇　e 退職　（　　）

⑤ a 強風 b 敗者 c 作詞 d 新年 e 旧友 （ ）

【解答】

① c ② e ③ a ④ b ⑤ c

【解説】

①「売買」は「うる」と「かう」で、反対の意味の漢字を重ねたものです。そのほかは、似た意味の漢字を重ねたものです。

②「急流」は「急な流れ」で、上の漢字が下の漢字を修飾しています。そのほかは、上の漢字が主語、下の漢字が述語になっています。

③「混合」は「まぜる」と「あわす」で、似た意味の漢字を重ねたものです。そのほかは、反対の意味や対の意味を持つ漢字を重ねたものです。

④「入試」は「入学試験」を省略したものです。そのほかは、上の漢字が動作を表し、下の漢字が目的語になっています。

⑤「作詞」は「詞を作る」で、上の漢字が動作で、下の漢字が目的語です。そのほかは、上の漢字が下の漢字を修飾しています。

問題6

次の（　）に「不・非・無・未」の中から適当なものを選び、入れて熟語を完成してください。〈5点〉

①（　）成年　②（　）常識　③（　）快感

④（　）条件　⑤（　）作法

【解答】

①未　②非　③不　④無　⑤不

【解説】

「非」は「よくない」という意味です。「不」は一番単純な否定語です。「未」は「まだ〜でない」という意味です。「無」は「ない・欠けている」という意味です。

③は「ふかいかん」、⑤は「ぶさほう」と読みます。

問題7

次のカタカナを漢字で（　）に書いてください。また、できた三字熟語の構成は、後のア～ウのどれと同じですか。それぞれ一つずつ選んで、記号を〔　〕に記してください。（選択肢の○○は二字の熟語を、○は漢字一字を表しています。）〈5点〉

① 無ゾウ作（　）〔　〕　② 善ゴ策（　）〔　〕

③ 既オウ症（　）〔　〕　④ 真善ビ（　）〔　〕

⑤ 旋ドウ歌（　）〔　〕

ア ○－○○　イ ○○－○　ウ ○－○－○

【解答】

① （造）ア　② （後）イ　③ （往）イ

④ （美）ウ　⑤ （頭）イ

【解説】

① 無＋造作。

② 善後十策。「善後」は後のためよく計ることです。
③ 既往十症。前にかかって治った病気のことです。
④ 真十善十美。人間が理想とする三つのもの。認識上の真、倫理上の善、審美上の美です。
⑤ 施頭十歌。頭（こうべ）を施（めぐ）らす歌の意味。和歌の形式の一つです。

問題8
次の三字熟語はそれぞれどのような構成になっていますか。後のア～オから選んで、記号で答えてください。〈10点〉

① 松竹梅（　　）　② 美少年（　　）
③ 個性的（　　）　④ 致命傷（　　）
⑤ 大逆転（　　）　⑥ 不謹慎（　　）
⑦ 非合法（　　）　⑧ 雪月花（　　）
⑨ 夜行性（　　）　⑩ 保証金（　　）

ア　上二字が下一字を修飾するもの

イ　上一字が下二字を修飾するもの
ウ　二字の熟語の上に接頭語がくるもの
エ　二字の熟語の下に接尾語がくるもの
オ　三字を対等の関係で並べたもの

【解答】

①オ　②イ　③エ　④ア　⑤イ
⑥ウ　⑦ウ　⑧オ　⑨エ　⑩ア

【解説】

①「松」と「竹」と「梅」が同等です。

②「美しい少年」ということで、「美」が「少年」を修飾しています。「紅顔の美少年」という語句があります。

③「的」は名詞に添えて「のような」「の性質を帯びた」「その状態をなす」の意味を表す接尾語です。

④「致命の傷」ということで、「致命」が「傷」を修飾しています。「死ぬ原因となる傷。

転じて再起できないようになった原因」です。
⑤「大きな逆転」ということで、「大」が「逆転」を修飾しています。「一発大逆転を狙う」「大逆転劇を演じる」などと使います。
⑥「不」は「ず」と訓読し、「でない・しない」と下の語を打ち消す接頭語です。「不謹慎」は「謹慎した態度でないこと」つまり「ふまじめなこと」です。
⑦「非」は「あらず」と訓読し、「でない」と下の語を打ち消す接頭語です。「非合法」は「合法でないこと」つまり「法律に違反すること」です。「非合法活動」などの語句があります。
⑧「雪」と「月」と「花」です。「せつげっか」と読みます。「四季折々に楽しむよい眺め」です。
⑨「性」は「〜する性質」「〜という傾向」という意味を表す接尾語です。「夜行性」は「夜に行動する性質」です。「夜行性動物」という語句が代表例です。また、蛍などの「夜光虫」の「夜光」と間違えないように注意してください。
⑩「保証のお金」ということで「保証」が「金」を修飾しています。

問題9

次の（　）に入る語を漢字一字で示し、全体の読み方を答えてください。〈5点〉

①（　）中模索（　　　　）

②合（　）連衡（　　　　）

③疲労（　）憊（　　　　）

④厚顔無（　）（　　　　）

⑤不倶（　）天（　　　　）

【解答】

① 暗　あんちゅうもさく　② 従　がっしょうれんこう

③ 困　ひろうこんぱい　④ 恥　こうがんむち

⑤ 戴　ふぐたいてん

【解説】

①「暗闇の中で手探りして探すこと。転じて、様子がはっきりせず、どうしてよいか分

からないままいろいろ探ってやってみること」です。

②「あっちについたり、こっちについたりする駆け引きのこと」です。中国の戦国時代の小国連合（縦・南北の同盟）で秦に対抗する合従策と、秦との単独同盟（横・東西の同盟）をはかる連衡策がもととなっています。

③「非常に苦しみ疲れること」です。四字それぞれが「疲れる」という意味を持っています。

④「厚かましく恥を知らない性格」です。

⑤「共に生きてはいけないと思うほど恨むこと」です。「倶に天を戴かず」と訓読します。

問題10

次の（　）に漢字一字を入れて四字熟語を完成し、意味を後のア～オから選んで、記号で答えてください。〈5点〉

①粗製（　）造　［　］　②夏（　）冬扇　［　］

③切歯扼（　）　［　］　④偕老（　）穴　［　］

⑤（　）沫夢幻　［　］

ア　時節に合わない無用の長物のこと
イ　夫婦の固いちぎりのこと
ウ　ひどく悔しがったり怒ったりすること
エ　作りが粗雑な品物をやたらと作ること
オ　はかないもののたとえ

【解答】
①濫・エ　②炉・ア　③腕・ウ　④同・イ　⑤泡・オ

【解説】
①「そせいらんぞう」と読みます。「濫造」だけでも「質を考えずにむやみやたらと作ること」という意味です。
②「かろとうせん」と読みます。夏のひばち、冬の扇、ともに役に立たないものです。
③「せっしやくわん」と読みます。「切歯」は「歯をくいしばること」で、「扼腕」は「自分の腕を握りしめること」です。
④「かいろうどうけつ」と読みます。「夫婦が年老いても仲良く、死後は同じ墓の穴に

入ること」です。

⑤「ほうまつむげん」と読みます。「泡沫」は「あわ」のことで、これだけでも「はかないもののたとえ」として用います。

問題11

次の（　）にそれぞれ同じ漢字を入れて四字熟語を完成し、その意味を後のア～オから選んで記号で答えてください。〈5点〉

①　以（　　）伝（　　）　［　　　］

②　（　　）信（　　）疑　［　　　］

③　（　　）老（　　）死　［　　　］

④　（　　）身（　　）霊　［　　　］

⑤　右（　　）左（　　）　［　　　］

ア　大勢の人が無秩序にあっちに行ったりこっちへ来たり、混乱すること

イ　言葉によらず、互いの心から心に伝えること

ウ　永遠に年を取らず死なないこと

エ　なかば信じ、なかば疑うこと
オ　からだも魂もすべて

【解答】
①　心・イ　②　半・エ　③　不・ウ　④　全・オ　⑤　往・ア

【解説】
①　元々は禅の言葉で、「言葉では表現できない真理や悟りを心から心へ伝えること」です。
②　説明不要、読んで字のごとくです。
③　似ている四字熟語として「長生不老」がありますが、こちらは「長生きをしていて、いつまでも若々しいこと」です。
④　これも説明不要、読んで字のごとくです。
⑤　「往」には「行く」という意味があります。

問題12

次の（　）にほぼ反対の意味になる漢字を書き入れて、四字熟語を完成させてください。〈10点〉

①（　）意（　）達
②（　）往（　）往
③（　）奔（　）走
④（　）変（　）異
⑤（　）張（　）和
⑥神（　）鬼（　）
⑦空（　）絶（　）
⑧深（　）幽（　）
⑨酔（　）夢（　）
⑩破（　）顕（　）

【解答】

①(上)意(下)達
②(右)往(左)往
③(東)奔(西)走
④(天)変(地)異
⑤(緊)張(緩)和
⑥神(出)鬼(没)
⑦空(前)絶(後)
⑧深(山)幽(谷)

⑨ 酔（生）夢（死）　⑩ 破（邪）顕（正）

【解説】

①「上意下達（じょういかたつ）」は、上の者の命令を下の者にとおす意味です。

②「右往左往（うおうさおう）」は、大勢の人があっちへ行ったりこっちへ来たりで混乱することです。

③「東奔西走（とうほんせいそう）」は、あちらこちらに駆けめぐることを言います。

④「天変地異（てんぺんちい）」は、自然界に起こる異変のことです。

⑤「緊張緩和（きんちょうかんわ）」は、はりつめた心理的状態をゆるめ和らげることです。

⑥「神出鬼没（しんしゅつきぼつ）」は、急に現れたり消えたりして、所在がなかなかつかめないことを言います。

⑦「空前絶後（くうぜんぜつご）」は、これ以前にも将来にもそれに類したことがないということで、ごくまれだという意味です。

⑧「深山幽谷（しんざんゆうこく）」は、人里はなれた山の奥深い静かな谷です。

⑨「酔生夢死（すいせいむし）」は、酒に酔って夢を見ているように、これといって為

すこともなく、ぼんやり一生を過ごすことを言います。
⑩「破邪顕正（はじゃけんしょう）」は、仏教で、邪道を破って正道を現すことを言います。転じて、悪者を打ち破って正義を明らかにする意味になっています。

問題13
次の四字熟語の誤字（一字）を見つけ、正しい漢字を（　）に書いてください。また、四字熟語の意味を後のア〜カから選んで〔　〕に記号を記してください。〈5点〉

①　面従腹拝　（　　）〔　〕　②　綱規粛正　（　　）〔　〕
③　原価償却　（　　）〔　〕　④　巧言礼色　（　　）〔　〕
⑤　迂余曲折　（　　）〔　〕

ア　世の中のことは常に変化していること
イ　事情が複雑で、いろいろ変化のあること
ウ　政治の方針やそれに携わる人々の姿勢を正す
エ　従うように見せて、内心では反対すること
オ　口先がうまく、愛想のいいこと

カ　決算期ごとに、資産の価値を低くすること

【解答】

①（背）エ　②（紀）ウ　③（減）カ

④（令）オ　⑤（紆）イ

【解説】

①「腹背」だけだと「おなかとせなか」「前と後ろ」の意味がありますが、ここでは腹（心）の中では背いているという意味です。

②「綱紀」は、国をきちんと治めるための大切な規則や約束ごとのことです。「粛正」は、厳しく取りしまって不正をなくすことの意味です。

③毎年、資産の価値を減じていくから「減価」です。

④「巧言」は、口先だけうまいことを言うことで、「令色」は、へつらいの顔つきのことです。

⑤「紆」はまがるの意味。「紆曲（めぐり曲がること）」という熟語もあります。

問題14

次の①～⑤の意味に当たる四字熟語を〈　〉内の語群から選んで完成させてください。

〈5点〉

①まわりくどくなくはっきりしていること（　　　　）

②一人で数人分の仕事をすること（　　　　）

③役人の規律をひきしめること（　　　　）

④一緒に仕事をしながら考え方が違うこと（　　　　）

⑤意志が強く、身なりを飾らず、口がにぶいこと（　　　　）

同　訥　剛　簡　面　粛　臂　異　六　紀

正　直　床　綱　截　明　毅　三　木　夢

【解答】

①　直截簡明　②　三面六臂　③　綱紀粛正　④　同床異夢　⑤　剛毅木訥

【解説】

①「ちょくさいかんめい」と読みます。
②「さんめんろっぴ」と読みます。
③「こうきしゅくせい」と読みます。
④「どうしょういむ」と読みます。
⑤「ごうきぼくとつ」と読みます。

(2) 類義語・対義語もいっしょに覚えよう

問題15

次の語の類義語をそれぞれ後のア～オの中から選び、記号で答えてください。〈5点〉

① 同意（　）　② 進歩（　）　③ 無視（　）

④ 専念（　）　⑤ 追従（　）

ア 迎合　イ 黙殺　ウ 発展　エ 賛成　オ 没頭

【解答】
①エ　②ウ　③イ　④オ　⑤ア

【解説】
①「賛成」は「他人の意見に同意すること」です。
②「進歩」は「良い方に進んでいくこと」で、「発展」は「より高い段階へ移っていくこと」です。
③「無視」も「黙殺」も「問題にしない、何とも考えない」という意味です。
④「専念」は「心をその事に集中すること」で、「没頭」は「一つのことに頭をつっ込んで熱中すること」です。
⑤「追従（ついじゅう）」も「迎合」も「他人の意に従うこと」ですが、「迎合」は「自分の意を曲げても気に入られよう」という態度が含まれます。また、「追従」は「ついしょう」と読むと「おべっかを使う、へつらう」となります。

問題16
次の漢字を組み合わせて、類義語を五組作ってください。〈5点〉

兄　一　同　子　色　教　傍　普　弟　者

端　胞　様　徒　通　信　気　般　路　道

（　）＝（　）

（　）＝（　）

（　）＝（　）

（　）＝（　）

（　）＝（　）

【解答】※順不同

同胞＝兄弟　一般＝普通　気色＝様子　教徒＝信者　道端＝路傍

【解説】

「同胞」は「同朋」と書くと「仲間」という意味になります。

「気色」は「きしょく」と読むと「かおいろ」という意味になり、「けしき」と読むと「様子」という意味になります。

問題17

次の漢字を組み合わせて、類義語を六組作ってください。〈6点〉

便　念　寄　分　与　堪　利　宝　頭　別　献　能

重　病　慮　没　小　思　喫　貢　臆　専　満　心

（　　）＝（　　）　（　　）＝（　　）

（　　）＝（　　）　（　　）＝（　　）

（　　）＝（　　）　（　　）＝（　　）

【解答】※順不同

便利＝重宝　専念＝没頭　寄与＝貢献

分別＝思慮　堪能＝満喫　臆病＝小心

【解説】

このような問題では、熟語が少ない漢字を見つけ、その漢字が作る熟語を思いうかべると、たいてい相棒が見つかります。漢字の意味を考えて、同類の漢字を探すのも手です。

問題18

次の語の対義語をそれぞれ後のア～オの中から選び、記号で答えてください。〈5点〉

① 害虫（　） ② 保守（　） ③ 供給（　）

④ 協力（　） ⑤ 軽率（　）

ア 益虫　イ 需要　ウ 慎重　エ 革新　オ 妨害

【解答】

① ア ② エ ③ イ ④ オ ⑤ ウ

【解説】

① 「益」は「役に立つ・もうけ」などの意味があります。

② 「保守主義」に対しては「進歩主義」と言う場合もあります。

③ 説明不要でしょう。ただし、「需要」は「受容」と間違えないように注意してください。

④ 「協力」に対しては「非協力」という語もありますが、ここでは「じゃまをする」の「妨害」を選んでください。

⑤　これも説明は不要だと思いますが、やはり「慎重」を他の同音異義語と間違えないように注意してください。

問題19
次の（　）に後の〈　〉内の漢字を選んで、反対語を作ってください。ただし、同じ文字は一度しか使えません。〈10点〉

①（　）速↔（　）速　②（　）質↔（　）質
③（　）因↔（　）因　④（　）縞↔（　）縞
⑤（　）点↔（　）点

〈悪　横　高　失　縦　勝　低　得　敗　良〉

【解答】※順不同
①　高↔低　②　悪↔良　③　勝↔敗　④　縦↔横　⑤　得↔失

【解説】

①「失速」とも考えられますが、その反対語がありません。⑤も「勝点」とも考えられますが、普通は「勝ち点」と送り仮名が必要で、さらに反対語は「負け点」で「敗」は使いません。

問題20

例にならって、次の漢字の対義語を一字で書いてください。〈10点〉

例　新⟷旧

①　喜⟷（　　）　②　速⟷（　　）

③　高⟷（　　）　④　易⟷（　　）

⑤　退⟷（　　）　⑥　鋭⟷（　　）

⑦　横⟷（　　）　⑧　得⟷（　　）

⑨　無⟷（　　）　⑩　貴⟷（　　）

【解答】

①　悲　②　遅　③　低　④　難　⑤　進

⑥鈍　⑦縦　⑧失　⑨有　⑩賤

【解説】

①「喜」は「よろこぶ」ですから、「かなしむ」の意味の語を探します。「哀」もありますが、これは「歓」に対応するので、ここでは「悲」です。

②「はやい」ですから「おそい」です。

③「たかい」ですから「ひくい」です。

④「易」は「やさしい」という意味ですから、「むずかしい」です。

⑤「退」は「しりぞく」ですから「すすむ」です。

⑥「鋭」は「するどい」ですから「にぶい」です。

⑦「よこ」ですから「たて」です。

⑧「える」ですから「うしなう」です。スポーツなどで使う「得失点差」などから判断してください。

⑨「なし」「ない」ですから「あり」「ある」です。

⑩「貴」は「とうとい」で「身分が高い」という意味ですから、「身分が低い」と言う意味の「いやしい」です。「卑しい」もありますが、こちらは「尊」に対して使います。

問題21

次の漢字を組み合わせて、対義語を六組作ってください。〈6点〉

重　領　散　軽　優　提　密　集　出　劣　勝　敗

温　分　率　暖　雑　寒　精　受　慎　中　冷　粗

（　　）↕（　　）　（　　）↕（　　）

（　　）↕（　　）　（　　）↕（　　）

（　　）↕（　　）　（　　）↕（　　）

【解答】　※順不同

慎重↕軽率　受領↕提出　分散↕集中

優勝↕劣敗　精密↕粗雑　温暖↕寒冷

【解説】

漢字どうし反対の意味のものをまず組にして、その漢字を使った熟語を思いうかべましょう。

(3) 慣用句・ことわざの使い方

問題22

次の（　）に入れるのに適当な熟語はどちらか、それぞれ選び記号で答えてください。

〈５点〉

①（　）を吐く　ア　広言　イ　高言

②（　）をぬう　ア　間隙　イ　感激

③（　）は忘れた頃にやって来る　ア　天才　イ　天災

④（　）の姿勢　ア　不動　イ　不同

⑤（　）を報いる　ア　一糸　イ　一矢

【解答】

①ア　②ア　③イ　④ア　⑤イ

【解説】

①「大口をたたくこと」です。「高言」は「大言壮語」のことです。

② 説明不要でしょう。「間隙」は「すきま」です。
③ これも説明不要でしょう。「天才」は「天賦（生まれつき）の才能」です。
④「不動の地位」「不動の構え」などもあります。
⑤「敵の攻撃に矢を返す、反撃すること」です。「一糸」は「一糸まとわぬ（裸のこと）」
「一糸乱れぬ（整然としていること）」などと用います。

問題23

次の（　）に入れる共通の漢字一字をそれぞれ答えてください。〈2点〉

①「（　）を吐く」「（　）をもむ」「（　）が多い」「（　）がおけない」

②「（　）をたてる」「（　）を固める」「（　）につまされる」「（　）につける」

【解答】

① 気　② 身

【解説】

①は順に「威勢のよいところを示す」「心配してやきもきする」「うつり気だ」「遠慮がいらない」という意味です。

②は順に「立身出世する」「結婚して一家を構える」「他人の不幸などが、我が身に引き比べられる」「着る」という意味です。

問題24

次の傍線の言葉は、何のことですか。それぞれア〜ウから選んで、記号を記してください。〈4点〉

①しのぎを削る（　）

ア　図のAの部分

イ　図のBの部分

ウ　図のCの部分

②思うつぼ（　）

ア　丁半賭博でさいころを入れて振る道具
イ　中国から輸入した高価な茶壷
ウ　指圧で押す人の体の急所

③うだつがあがらない　（　）
ア　芝居で主役を褒める掛け声
イ　建物の梁の上に立っている短い柱
ウ　職人の仕事に対する評価

④ニッチもサッチもいかない　（　）
ア　算盤で割り算をするときの用語
イ　「二回も三回も」の江戸なまりの言葉
ウ　祭りで山車を引くときの言葉

【解答】
①ウ　②ア　③イ　④ア

【解説】

①「しのぎ（鎬）」は、刀と峰の間のもりあがった部分のことで、「しのぎを削る」は、その部分が削れるほど激しく戦うことを表します。

②「思うつぼ」は、さいころを使う丁半賭博からきた言葉で、「予期したところ」という意味です。つぼ振りが、自分の思いどおりの目を出すことを「思うつぼにはまる」と言います。

③「うだつ」は「うだち（）」の転音で、建築用語です。梁の上に立てて、棟木を支える小さな柱のことで、妻壁（「妻」は棟と直角の壁面）を取り付けた部分です。この妻壁を、屋根より一段高く上げて、小さな屋根を取り付けました。この部分は富裕の家でなければ上げられなかったことから、立身出世ができないことや、ぱっとしないことを「うだつがあがらない」と言うようになったということです。ほかに「うだち」のように、頭をおさえられているということから、身を立てられないことを言うという説もあります。なお、「うだつがあがる」という言葉はありませんので注意してください。

④「ニッチもサッチもいかない」は「二進も三進もいかない」と書きます。算盤で割り算をするとき、二を二で割ると割り切れて商の一が立ちます。これを「二進一十」と言

います。三を三で割ったときが「三進一十」です。「二進も三進もいかない」は、この算盤用語からきた言葉で、「うまく割り切れなくて、どうにもこうにも身動きがとれない」という意味を表しています。

問題25

次の（　）に入る生き物の名前を漢字一字で示し、全体の意味を後のア〜コから選んで、記号で答えてください。〈5点〉

①（　　）藉を働く［　　］　②（　　）突猛進［　　］

③（　　）耳る［　　］　④（　　）合の衆［　　］

⑤（　　）のぼり［　　］

ア　統一も規律もなく集められた人々　イ　自主的に集まった優秀な人々

ウ　ゆっくりマイペースでのぼること　エ　見る見るうちにのぼっていくこと

オ　人目に付かないように行動する　カ　中心となって支配する

キ　向こう見ずに進むこと　ク　誰よりも前に進もうとすること

ケ　乱暴に振る舞う

コ　骨身を砕いて働く

【解答】
①　狼・ケ　②　猪・キ　③　牛・カ　④　烏・ア　⑤　鰻・エ

【解説】
①「ろうぜき」と読み、狼が草をし（藉）いて寝た後が散らかっていたことから「乱雑な様子」のことです。下に「を働く」がつくと「乱暴な振る舞い」になります。
②「ちょとつもうしん」と読みます。猪は真っ直ぐに突き進むと言われていることに由来します。
③「ぎゅうじる」と読みます。元来は「牛耳を執る」と言います。昔、中国では諸侯が約を結ぶとき牛の耳を裂いて血をすすり誓いをたて盟主がその耳を執ったといいます。
④「うごうのしゅう」と読みます。烏は集散がバラバラであることに由来します。
⑤「うなぎのぼり」と読みます。鰻が身体をくねらせ水中を垂直にのぼることに由来します。

問題26

次の（　）に漢字一字の言葉を入れて、慣用句やことわざを完成させてください。また、それぞれと似た意味の四字熟語を後から選んで、〔　〕に記号を記してください。

〈5点〉

①　身から出た（　）〔　〕　②（　）の面に水〔　〕

③（　）ひれをつける〔　〕　④　しり（　）に乗る〔　〕

⑤（　）を長くする〔　〕

ア　十人十色　イ　針小棒大　ウ　馬耳東風

エ　天衣無縫　オ　付和雷同　カ　厚顔無恥

キ　因果応報　ク　一日千秋　ケ　南船北馬

【解答】

①（錆）キ　②（蛙）ウ　③（尾）イ　④（馬）オ　⑤（首）ク

【解説】

①「身から出た錆」は、自分のしたことが原因で起こった不幸に苦しむことです。「因果応報」は、よい行いにはよい報いが、悪い行いには悪い報いが必ずあるということです。

②「蛙の面に水」は「蛙の面に小便」とも言います。蛙が水をかけられても平気なように、どんな目にあわされても、いっこうに感じない様子を言います。「馬耳東風」は、馬の耳に春風が吹きつけても気づく様子がないことから、人の意見や忠告などを気にせずに聞き流すことを言います。

③「尾ひれをつける」は、話を大げさにすることです。「針小棒大」は、針ほどの小さなことを棒ほどに大げさに言うことを意味しています。

④「しり馬に乗る」は、人の後ろについて、便乗的に何か物事を行うことを言います。「付（附）和雷同」は、自分に定まった考えがなく、他人の意見に無批判に同調することを言います。

⑤「首を長くする」は、待ちこがれることです。「一日千秋」は、一日が千年にも思われるほど待ちどおしいという意味です。

問題27

次の傍線部の誤りを〈　〉内の意味に合うように訂正してください。〈5点〉

① 腹をくくる。〈覚悟を決める〉（　　　）

② 二の舞を踏む。〈前の人の失敗を繰り返す〉（　　　）

③ 大風呂敷をたたく。〈誇大な言を吐くこと〉（　　　）

④ 濡れ手で泡。〈苦労しないで大きな利益をあげること〉（　　　）

⑤ 折り目のついた人。〈礼儀作法がしっかりした人〉（　　　）

【解答】

① 据える　② 演じる　③ 広げる　④ 粟　⑤ 正しい

【解説】

①「高をくくる」との誤用です。

②「二の足を踏む」との誤用です。

③「大口をたたく」との誤用です。

④ 濡れた手で粟をつかむと、手にいっぱい粟がつくことに由来しています。

⑤　折り目がつくのはズボンです。

(4)　由来で覚える故事成語

問題28

次の（　）に漢数字を入れて、ことわざ・故事成語を完成してください。〈10点〉

①（　）里眼　　②（　）顧の礼
③（　）炊の夢　　④（　）死に一生を得る
⑤（　）聞は一見に如かず　　⑥一寸の虫にも（　）分の魂
⑦一将功成りて（　）骨枯る　　⑧（　）転び八起き
⑨（　）兎を追う者は一兎をも得ず　　⑩（　）面楚歌

【解答】

①千　②三　③一　④九　⑤百

⑥五　⑦万　⑧七　⑨二　⑩四

【解説】

①「せんりがん」と読みます。「遠方の出来事や将来、人の心の奥底を見通す能力のこと、また、その能力を持つ人のこと」です。

②「目上の人が礼をつくして賢人に仕事を頼むこと」です。

③「人生の栄華のはかないたとえ」です。

④「九分通り助からない命がかろうじて助かること」です。

⑤「百回繰り返して聞くより、一回自分の目で見る方が確実。」つまり「論より証拠」と同じです。

⑥「どんなに小さく弱い者でも、それ相当の思慮や根性は持っているものだ。小さくてもばかにはできないたとえ」です。

⑦「一人の将軍が功名を成すかげには、屍を戦場にさらす多くの兵士の犠牲がある」ということです。

⑧「何度失敗しても、屈することなく立ち上がること」です。

⑨「欲を出して同時に二つのことをしようとすると、二つのうちのいずれもが成功しな

い」ということです。

⑩「敵の中で孤立して助けがないことのたとえ」です。

問題29

次の故事成語の意味を後のア～オから選んで記号で答えてください。〈5点〉

① 泣いて馬謖（ばしょく）を斬る（　　）　② 魚を得て筌（せん）を忘る（　　）

③ 出藍の誉れ（　　）　④ 琴瑟（きんしつ）相和す（　　）

⑤ 左袒（さたん）（　　）

ア　恩を受けてそれに報いないこと

イ　夫婦の仲がよいこと

ウ　味方すること・賛成すること

エ　法を守るためには愛するものでも処罰すること

オ　弟子が師よりもすぐれているという評判のこと

【解答】

①エ　②ア　③オ　④イ　⑤ウ

【解説】

①中国の三国時代に、蜀の諸葛孔明が魏との戦いのおり、腹心の部下の馬謖が命に背いて大敗したので、軍律違反でやむをえず涙を揮って斬罪にしたという故事が出典。「涙を揮って馬謖を斬る」とも言います。

②「筌」は魚をとる竹製の道具です。魚をとると、用いた道具の「筌」のことは忘れてしまうということから、元々は「目的を達成してしまうと、手段にしていたものは不用になって忘れてしまうことのたとえ」でした。さらに、「手段にかかずらって、本質を忘れてはならない」といった意味のたとえにすることもあります。出典は「荘子」です。

③「青は藍より出でて藍より青し（青の染料は藍より取るが、原料の藍よりも青い）」という「荀子」の故事が出典です。元々は「だから勉学に励みなさい」という意味が付け加えられていました。「氷は水より出でて水より寒し」も同じ意味のことわざです。

④「琴」も「瑟」も楽器の名称です。「瑟」は「大琴」ですが、二つの楽器を合奏して音が合うことから「夫婦の仲が睦まじく、よく調和するたとえ」となりました。兄弟朋友の間柄にも使うことがあります。

⑤　漢の高祖劉邦の死後、皇后呂氏の一族が天下を奪おうとした時、劉氏を守ろうとした太尉周勃が「呂氏に味方する者は右袒せよ。劉氏に味方する者は左袒せよ。」と呼びかけると、全軍が左袒したという「史記」の話が出典です。「袒」は肩を肌脱ぎにすること。

問題30

次の故事成語の意味を後のア～オの中から選び記号で答えてください。〈5点〉

①　胡蝶の夢　（　）　②　舟に刻して剣を求む　（　）
③　愚公山を移す　（　）　④　漱石枕流　（　）
⑤　梁上の君子　（　）

ア　負け惜しみが強く、自分の誤りに屁理屈をつけて言い逃れること
イ　時勢が移ることを考えず、古いしきたりを守ることのたとえ
ウ　夢と現実とが定かに別れぬたとえ
エ　盗賊・泥棒のこと
オ　怠らず努力をすれば、大きな事業も成就するというたとえ

【解答】
①ウ　②イ　③オ　④ア　⑤エ

【解説】
①「胡蝶」は「蝶」のことです。荘子が胡蝶となった夢を見て、覚めてから後、自分が夢で胡蝶になったのか、胡蝶が今夢の中で自分になったのかを疑ったという故事が出典です。

② 舟の上から川の中に剣を落とした者が、舟が流れ動くことを考えず、落とした位置に印を刻み、岸に着いてから印の下を探そうとしたという故事が出典です。

③ 昔、愚公という者が山を他へ移そうとして、永年努力したので、神がその志に感じて山を動かしたという中国の寓話が出典です。

④ 晋の孫楚が隠遁するときに王済に今後の生活について「流れに漱ぎ石に枕す」というべき所を「石に漱ぎ流れに枕す」と言ってしまった。すぐさま王済が誤りを指摘すると「石で口を漱ぐのは歯を磨くためで、水に枕するのは耳を洗うためです。」とうまくこじつけ言い逃れたという故事が出典です。

⑤ 後漢の珍寔が梁にひそんでいる泥棒を見て、子供たちに「悪い習慣が付くと梁の上の人のようになってしまうぞ。」と教え諭したという故事が出典です。

問題31

次の故事成語の意味を、後から選んで、記号を記してください。〈5点〉

①　知音（　）　②　河清を俟つ（　）

③　守株（　）　④　韋編三絶（　）

⑤　鶏鳴狗盗（　）

ア　どんなに長時間費やしても実現しない

イ　書物を何度も繰り返し読むこと

ウ　身分が卑しくて、技能のある者

エ　自分の心をよくわかってくれる人

オ　古い習慣にこだわっていて進歩がないこと

【解答】

①エ　②ア　③オ　④イ　⑤ウ

【解説】

①「知音（ちいん）」…「列子」より。昔、中国で、伯牙のひく琴を、鍾子期がよく理解してくれた。鍾子期が死んだ後、伯牙は自分の琴を理解してくれる人はいないとして、琴の弦を絶ったという故事から成った言葉です。

②「河清（かせい）を俟（ま）つ」…「左伝」より。黄土を含んだ黄河の水は澄むということがないのに、その水が澄むのを待つという意味です。

③「守株（しゅしゅ）」…「韓非子」より。切り株に当たって死んだうさぎを偶然に得た農夫が、それからは働くことをやめて、（うさぎを得ようと）切り株を見守ったという話から、古い習慣にこだわっていて進歩がないことを言います。

④「韋編三絶（いへんさんぜつ）」…「韋編三度絶つ」とも言う。「史記」より。孔子が「易経」を愛読し、革のとじひもが三度も切れるほど読んだということから、読書に熱心なことを表します。

⑤「鶏鳴狗盗（けいめいくとう）」…「史記」より。斉の孟嘗石が秦の昭王にとらわれたとき、狗（犬）の真似をするこそどろや、鶏の鳴き声のうまい従者の働きで脱出できたということから、身分が卑しくて、技能のある者を表しています。

第3章

敬語がちゃんと使えますか？

⑴ 敬語の種類とその特長

問題１

次の各項は、それぞれ何と呼ばれる敬語について説明したものですか。〔ヒント〕を参考に、適切な漢字三字ずつで答えてください。〈３点〉

① 話し手が聞き手を高めて扱う気持ちを表す表現。（　　　）

② 話し手が、話題の人物のうち、その動作を受ける者を高めて扱う気持ちを表す表現。（　　　）

③ 話し手が、話題の人物のうち、その動作をする者を高めて扱う気持ちを表す表現。（　　　）

〔ヒント〕ある敬語理論に従うと、①は対者敬語と呼ばれ、③と②は素材敬語と呼ばれます。さらにその内訳として、③は主体敬語と呼ばれ、②は客体敬語と呼ばれます。

【解答】

① 丁寧語　② 謙譲語　③ 尊敬語

【解説】

〔ヒント〕に引いた「ある敬語理論」とは、時枝文法のことです。詳しくは、時枝誠記『国語学原論』（岩波書店）などでお確かめいただきたいと思います。

問題２

次の「参る」について、敬語の種類を答えてください。〈４点〉

① 後で、先生のお宅へ参ります。（　　）

② そろそろ参りましょうか。（　　）

③ お車が参りました。（　　）

④ すぐ戻ってまいります。（　　）

【解答】

① 謙譲語　② 丁寧語　③ 丁寧語　④ 謙譲語

【解説】

長い歴史のある敬語には、敬語の種類を変えて用いられてきているものがあります。この

「参る」などは、その代表といえましょう。本来謙譲語であったものが、現代語では丁寧語の仲間入りをしてきているのです。その丁寧語化したものには、動作の相手、敬意を払うべき相手がいません。②は、「行く」ことを丁寧に言っているのであり、③は「来る」ことを丁寧に言っているだけです。

問題3

次の傍線部の語の意味として適切なものを、後に掲げた説明の中から選び、符号で答えてください。また、本来どんな種類の敬語であったかを推測して答えてください。〈4点〉

① 正式に申し入れを行うべきだ。
（　　）本来は（　　）

② この幸運は神の思し召しだ。
（　　）本来は（　　）

③ 何なりと仰せつけてください。
（　　）本来は（　　）

④ 彼は会長に奉っておけばよい。

（　　　　）本来は（　　　　）

a　お命じになる。　　　　b　お考えやお気持ち。

c　形式的にだけ高く位置付ける。　　　　d　意見や希望を相手に伝えること。

【解答】

①　d・謙譲語　②　b・尊敬語　③　a・尊敬語　④　c・謙譲語

【解説】

ここに引いた①「申し入れ」②「思し召し」③「仰せ付け」④「奉る」とも、現代にあっては、敬語としての意識が落ちてきているものといえますが、本来は、敬語であったり、敬語であったことばを用いている表現です。古典語としての「申す」「思し召す」「仰す」「奉る」は、言うまでもなく敬語でした。

(2) 丁寧・尊敬・謙譲――三つの敬語の使い方

問題4

「すみません」という言葉は、言いようによっては、まことに軽々しく聞こえます。どの表現が適切か次の文から選んでください。〈1点〉

① すみません。お待たせいたしまして…。
② すみません、この商品の説明させてください。
③ ご迷惑をおかけして、すみません。
④ この間は、子供がお世話になりまして、すみませんでした。
⑤ (書店で、雑誌を買ったお客さんに) すみません、すみません。

(　　)

【解答】

①

【解説】

「すみません」は、日常会話でかなり多く使われます。「申しわけない」という意味なのか、「ごめんなさい」なのか「恐縮」しているのか、何か「頼み事」をするのか、多様な言葉として用いられています。

何かミスをおかしても「すみません」、お礼を言う時も「すみません」では好都合かも知れませんが、はっきり何を言いたいのか分かりません。

ある場合は卑屈に聞こえたり、とんでもない誤解を生むことにもなりかねません。

本来は（江戸・明治期では）「〇〇〇のような仕打ちには、とても気が済むものではない」というような言葉だったようです。③のように詫びたり、④のようにお礼を言う時は「申しわけありません」や「ありがとうございました」と、はっきりとした言葉を使うべきです。

これこそ、相手、先方を敬う言葉ということでしょう。

問題５

次の文中から、謙譲語が使われているものを選んでください。〈1点〉

①　この部屋が、みんなで食事をするところです。

②　こちらには、何時ごろお見えになりますか。

③　この内容につきましては、私がもっとくわしくご説明申しあげます。
（　　　　）

【解答】
③

【解説】
まず敬語がどれかを確認します。「申しあげます」が謙譲語。

問題6

次の各文が「自由に選ぶことができる」という意味の尊敬表現になるように、（　）にあてはまることばを答えてください。〈3点〉

①自由にお選びに　（　　　　）。

②自由に選んで　（　　　　）。

③自由にお選び　（　　　　）。

【解答】

①　なれます　②　いただけます　③　いただけます

【解説】

「自由に選ぶ」という動作に、尊敬と可能の意味を同時に加えた表現にする問題です。それぞれの（　）の直前の表現によって、文末の表現が変わってきます。

①は、「お～になる」という尊敬表現と「～なれる」という可能表現を加えたものがあてはまります。②・③は、「～いただく」という尊敬表現に可能を表す助動詞「る」を加えたものがあてはまります。

問題7

次の各文の傍線部の意味は、あとのア～カのどれにあてはまりますか。その記号を答えてください。〈4点〉

①　先生からいただいた本。（　　）

②　お茶をいただこう。（　　）

③　ケーキをいただきました。（　　）

④ 先生に本を読んでいただこう。（　　）

ア 飲む　イ 食べる　ウ もらう　エ 補助動詞

【解答】

① ウ　② ア　③ イ　④ エ

【解説】

謙譲の意味を表す動詞「いただく」がどのような意味で使われているかを問う問題です。

①「もらう」ということを、自分の動作として、へりくだって言うときに使う謙譲語です。

②「飲む」ということを、自分の動作として、へりくだって言うときに使う謙譲語です。

③「食べる」ということを、自分の動作として、へりくだって言うときに使う謙譲語です。

④「読んで」という、用言に「で」の付いたものに接続して、「(なにかをし) てもらう」ということを自分の動作として、へりくだって言うときに使う謙譲語です。

問題8

次の手紙文に記された敬語表現の中から、謙譲語だけを選び、文頭の番号と語句に棒線

を引いて示してください。〈１点〉

① 体調がよろしくないと言っておりましたが……。

② 大変盛大な御祝宴でございました。

③ 先日は、ご推薦文におほめの言葉をいただきまして、ありがとうございました。

④ 退院されましたとか。おめでとうございます。今後は、ゆっくりとご養生ください。

【解答】

③ いただきまして

【解説】

③「ご推薦文」は丁寧語。「おほめ」は尊敬語。

問題9

次の各文の線部が、尊敬語ならア、謙譲語ならイ、丁寧語ならばウ、と記号で示してください。〈10点〉

① おはようございます。　（　）

② 先生が、いらっしゃいました。（　）

③ ご立派になられまして…。（　）

④ 楽しく過ごさせていただきました。（　）

⑤ おいしくいただきました。（　）

⑥ お隣のおばさんがみかんをくださった。（　）

⑦ 先生がお見えになりました。（　）

⑧ 父からも「よろしく」と申し上げます。（　）

⑨ 母が「よろしく申し上げて下さい」とのことでございます。（　）

⑩ わたくしがご案内申し上げます。（　）

【解答】

①ウ　②ア　③ア　④イ　⑤イ

⑥ア　⑦ア　⑧イ　⑨イ　⑩イ

【解説】

①は日常会話の中で丁寧な言い方。②は「来る」の尊敬語。③は尊敬を表す「ご…なる」

の表現。④は「過ごした」の謙譲語。⑤は「食べる」の謙譲語。⑥は、「くれる」の尊敬語。⑦、「来た」の尊敬語。⑧は「言う」の謙譲語。⑨は「申し上げる」＋「ください」で謙譲語。⑩も「申し上げる」で謙譲語。

問題10
二語の関係、例えば「見る」・「ごらんになる」のように、上に示した語と対になるものを下の語句から選んでください。〈2点〉

A　行く
①　いらっしゃる。　②　おこしになる。
③　おみえになる。　④　まいる。
⑤　うかがう。

B　する
①　やる　②　します
③　いたす　④　おる
⑤　した

【解答】

A ①　B ②

【解説】

A 尊敬語に関する語句を選びます。④と⑤は謙譲語。②と③は「来る」の尊敬語。

B 謙譲語に関係する語句を選びます。①と⑤は普通の言い方。②は「する」の丁寧語。「おる」は「いる」の改まった言い方。

問題11

次の各文について、後の問いに答えてください。〈4点〉

a「お父さんは、いまどうしているかね。」

b「お父さんは、いまどうしていらっしゃるかね。」

c「お父さんは、いまどうなさっているかね。」

d「お父さんは、いまどうなさっていらっしゃるかね。」

e「お父さんは、いまどうしていますか。」

f「お父さんは、いまどうしていらっしゃいますか。」

g「お父さんは、いまどうなさっていますか。」
h「お父さんは、いまどうなさっていらっしゃいますか。」

①尊敬語も丁寧語も用いられているのはどれですか。その符号で答えてください。
（　　）
②尊敬語も丁寧語も用いられていないのはどれですか。その符号で答えてください。
（　　）
③②以外で尊敬語が用いられていないのはどれですか。その符号で答えてください。
（　　）
④②以外で丁寧語が用いられていないのはどれですか。その符号で答えてください。
（　　）

【解答】
① f・g・h　② a
③ e　④ b・c・d

【解説】

その表現の中に、どんな敬語が含まれているかいないかを見分ける問題です。

問題12

次の傍線部を、丁寧語の表現に言い換えてください。〈5点〉

① 後を追って表へ飛び出した。（　　　）
② 押しかけてくるかもしれない。（　　　）
③ 引き取れといわれたそうだ。（　　　）
④ そう単純ではない。（　　　）
⑤ まだ字が書けなかった。（　　　）

【解答】

① 飛び出しました　② しれません
③ いわれたそうです　④ 単純ではありません
⑤ 書けませんでした

【解説】

丁寧語の表現にする問題です。動詞には、その連用形に丁寧の助動詞「ます」が付きます。①・②がそれです。③は伝聞の助動詞「そうだ」ですので、その丁寧語形「そうです」に換えます。④は「単純で」という形容動詞の連用形が係助詞「は」を介在させ、補助形容詞「ない」が付いている表現です。補助形容詞「ない」は、補助動詞「ある」に丁寧の助動詞と打消の助動詞を付けた「ありません」に言い換えて丁寧語の表現が成立しています。次の⑤の「書けなかった」の「なかっ」は、打消の助動詞ですが、この部分は、丁寧の助動詞と打消の助動詞「ません」に置き換えます。しかしそれだけでは過去の助動詞「た」に接続させることができません。断定・丁寧の助動詞「です」の力を借りて、「でした」と表現することになります。

問題13
次の漢語サ変動詞を、尊敬語の表現に言い換えてください。なお、二種類の言い方があるものについては、そのすべてを答えてください。〈4点〉

①　研究する（　　　）　②　学習する（　　　）
③　自立する（　　　）　④　結婚する（　　　）

【解答】

① ご研究になる・ご研究なさる・研究なさる・研究される

② 学習なさる・学習される

③ 自立なさる・自立される

④ ご結婚になる・ご結婚なさる・結婚なさる・結婚される

【解説】

添加形式尊敬語には、「お…になる」「ご…になる」のほか、「ご…なさる」「…なさる」があります。漢語サ変動詞には、この後者が多く結びつきます。②「学習する」③「自立する」のように、敬語表現例をさして必要としない語には、おのずから結びつく添加形式も限られるようです。「~される」も尊敬表現の一つです。

問題14

次の各動詞を「れる・られる」を用いないで、尊敬語と謙譲語に書き表してください。〈10点〉

動詞	尊敬語	謙譲語
見る		
聞く		
する		
いる		
もらう		
くれる		
行く		
言う		
会う		
来る		

【解答】

動詞	尊敬語	謙譲語
見る	ごらんになる	拝見する
聞く	お聞きになる	うかがう　うけたまわる
する	なさる　あそばす	いたす
いる	らっしゃる	
もらう	(おもらいになる)	いただく　ちょうだいする
くれる	くださる	さしあげる
行く	いらっしゃる	まいる　うかがう
言う	おっしゃる	申し上げる　申す
会う	お会いになる	お目にかかる
来る	いらっしゃる　お見えになる	まいる

【解説】

「いる」の謙譲語はありません。尊敬語で特別な言い方がないものは「お…なる」の形で尊敬を表します。同様に、謙譲語は「お…する」の形で表します。

「言う」の尊敬語「おっしゃる」は、謙譲語の「申し上げる」と混同して使う人が多いようですから注意しましょう。

(3) 敬語の書き換えと誤りの訂正

問題15
次の中から、敬語の用い方を間違えているものを、その記号で答えてください。〈2点〉
① 家に帰りましたら、そう母にお話しします。
② 家に帰りましたら、そう先生がお話くださると母に話します。
③ 父は通知表を見ると、「がんばったな」と言いました。
④ 母は通知表をご覧になって、ほめてくれました。
⑤ 先生は通知表をご覧になって、ほめてくださいました。

（　　）

【解答】

①・④

【解説】

①・②は、同じような内容を表していますが、①の「話す」動作の主語は話し手であるのに対して、②の「話す（お話しします）」という動作の主語は先生です。問題文ではどちらも尊敬表現になっていますから、自分を敬ってしまっているほうが間違いということになります。

以下も同じように主語を見ていくと、③の「言う」の主語は父、④の「見る」の主語は母、ともに身内が主語となっています。「ご覧になる」という尊敬表現を用いている④は間違い。⑤は先生が主語なので、尊敬表現でよいことになります。

問題16

次の文の中から、正しい敬語が使われていないものを探し、記号で答えてください。〈3点〉

A　みなさん、どうぞご自由に食べてください。

Ｂ　先生、父がお会いしたいと言っております。
Ｃ　このボールペンは、先生からもらったものです。
Ｄ　母が、おひる過ぎにおうかがいしたいと申しております。
Ｅ　先生、お宅から電話が入っております。
（　　）

【解答】
A、B、C

【解説】

Ａの「食べて」は「めしあがって」

Ｂの「父がお会いしたい」は「お目にかかりたい」で「言っております」が「申しております」となります。

Ｃの「もらった」は「いただいた」が正しい敬語です。

問題17

次の各語の「用い方」で失敗することがあります。相手に不快感を与えない「用い方」こそ、敬意を表す心くばりにもなります。不適切な語句の用法を番号で答えてください。〈4点〉

①　そんなこと、関係ないです。

②　今度は本腰を入れてやるか。

③　やっとふんぎりがつきました。

④　あの人は言葉をにごしてしまいましたが…。

⑤　なんとさいさき（幸先）のよい知らせでしょう。

⑥　それでは、さっそくよばれます。

（　　）

【解答】

①　②　③　⑥

【解説】

①は、非常に無礼な言い方です。「関係」は「もともとかかわる」という意味で、―ない、とのつながる表現は不自然なのです。昭和三六年ごろから子供たちを中心に流行った言葉ですが、まことにぞっとするような言い方です。

②は、よく聞いてみるとみだらな気がしないでもありません。なんでも遊郭で使われていた言葉らしく「そろそろ本腰を入れ…」などと誘いの意味を持つそうです。公の場では、あまり使わないほうがいいでしょう。

③は、ふんばって便を切るの意味からでたもの。糞を切るともいいます。友だちや、よく知った間柄で用いるのはいいとして、例えばテレビなどで言うべき言葉ではありません。

④「口をにごす」と言う人がいますが、正しくは「言葉」です。

⑤ さいさきは「幸先」と書き、先に幸があるわけですから前向きの言葉です。このごろ「さいさきが悪い」と言う人がいますが誤用です。

⑥ ある地方、ある業界では習慣として使われているようですが、公の場では卑屈に聞こえます。相手にへつらうような卑しさがありますから避けたほうがいいでしょう。

問題18

次の各文中の敬語のうち、一つだけ他と種類の違うものがあります。その文を記号で答えてください。〈1点〉

① 先生がおっしゃいました。　② 父が申しておりました。

③ ご両親にもよろしくお伝えください。　④ もうお休みになるのですか。

⑤ これがおじさまの書かれた本です。

（　　）

【解答】

②

【解説】

①「いう」という動詞の尊敬の意味を表す言い方です。

②「いう」という動詞の謙譲の意味を表す言い方です。

③ 接頭語「ご」がついて尊敬の意味を表します。

④「お（ご）～になる」の形で、尊敬表現になります。ちなみに、「お（ご）～する」は謙

譲表現になります。

⑤　尊敬の意味を表す助動詞「れる」の連用形です。

問題19

日本語を勉強中の留学生が、ときどき敬語の誤りをおかします。それだけにむずかしいのですが…。次の文の誤りを正してください。〈3点〉

①　先生が、私にお目にかかってくださいました。

（　　　　　）

②　私は、明日あなたのところに十二時ごろ参られます。

（　　　　　）

③　このケーキをいただいてください。

（　　　　　）

【解答】

①お目にかかって――会って

②参られます――うかがいます
③いただいて――召しあがって

【解説】

日本人でもこのような言葉を使う人がたくさんいます。敬語は使い慣れることが大事で、日常の言葉遣いが、いかに大事か思い知らされることになります。

「お目にかかる」は謙譲語。先生の立場から考えてみることです。「参られる」のは自分だから「うかがう」という謙譲語を用います。

問題20
次の会話文の中で、不自然と思われる敬語表現を正しく書き直してください。〈3点〉
※（B氏から会社に電話が入りました。それを受けた女子社員は、B氏の話し方が少し気になりました。B氏は社長より年齢が上、そして取引関係もB氏の方が強い関係にあります。電話の会話は次のとおりです）
●「社長いらっしゃる？　小田ですが…」
「只今、藤木は出かけておりますが…。十一時には戻る予定になっております。何かご伝言を？………」

「あ、そう。戻ったらＢに電話するよう伝えてください」

（　　　　　　　　　　　　　　　　　　）


【解答】

（いらっしゃる？――いらっしゃいますか。

おられますか。）

（あ、そう。――そうですか。）

（戻ったらＢに電話するよう――戻りましたら、あるいは戻られたら。Ｂの方にお電話を頂きたいのですが、あるいは、ご連絡いただきたいのですが。）


【解説】

一見、丁寧な言葉ですが、二人の関係がどのようであれ、他社の社長に電話しているわけですから、慣れなれしかったり、命令調の言葉はつつしむべきでしょう。

最初の一文では、正しくは、自分の名前を先に名乗るのが普通。

Ｂさんと他社の社員は直接上下関係にあるわけではありませんから、命令調や強制する言葉はやはり不自然。

問題21

次の①・②の趣旨を変えることなく、それぞれの条件に従って書き換えてください。〈2点〉

①「案内してくれ。」

○社長が秘書課長に、来客である関連会社の社長に対してそうしてくれと依頼しているものとする。

（　　　　）

②「会うようにせよ。」

○部長が部下にあたる課長に、部長の知人である別の会社の部長に会って教えを乞うよう奨めているものとする。

（　　　　）

【解答】

① 案内してさしあげてください。　② お目にかかるようになさい。

【解説】

ここに見られるのは、二方面に対する敬語です。謙譲語が上で、尊敬語が下です。この法則は、古典語の敬語においても同じです。使えることが望ましいものです。

問題22

次の各文に、不自然な敬語表現があります。正しい敬語表現に直してください。〈８点〉

① 犬に餌をあげる。
② 赤ちゃんにミルクをあげる。
③ 先生も来られますか。
④（道で会った知人に「あらお出かけ？」と声をかけられた子供連れの若いお母さん、「ええ、これからお絵かきなんですよ。」
⑤ ラジオをお聴きされましたか。
⑥ さ、どうぞ。お座布団をどうぞ。

⑦ 電車で会った祖父の知人に「おじいさま、お元気ですか?」と聞かれた若い女性「ハイ、どうにか生きているようです」

⑧ 会社の上司が部下に「これ違うんだよ。オレの言ったことわかんねえのかなァ。もう一度書きなおしてよ」

⑨「これは、私のお姉さんがつくったものです。」

⑩「先生が来てから始めましょう。」

【解答】

① 犬に餌をやる。

② 赤ちゃんにミルクを飲ませる。

③ 先生もいらっしゃいますか。

④ —これから、絵の教室に行くところです。

⑤ ラジオをお聴きになりましたか。

⑥ —座布団をどうぞ。

⑦「どうにか元気にしております」。

⑧「これは少し違います。私の言った意図とずれがあります。もう一度書きなおしてみましょう。」

【解説】

①・②犬や赤ちゃんに「あげる」を使うのは不自然。「やる」「飲ませる」です。

③「来られる」は可能表現と混同するので、「いらっしゃる」がいい。

④「お絵かき」は一般化した言葉になっていますが、自分の子供の行動に「お」を付けるのはいけません。

⑤「お…する」という謙譲表現の「する」が尊敬語「される」になっています。尊敬語を使うべきところに謙譲語を使い、さらに、謙譲表現の中に尊敬表現をまぜてしまうという二重の誤りをおかしています。

⑦ユーモアと受け取ってもいいのですが、やはり、「死」という言葉はよくありません。

⑧部下でも粗野、あるいはぞんざいな言葉はつつしむべきでしょう。

問題23

次の各傍線部の「来たよ」について、後の問いに答えてください。〈3点〉

○始業のチャイムが鳴り終わったのにおしゃべりに興じている級友に向かって、生徒の一人が「先生が来たよ[a]。」と叫んだ。

○家族そろっての旅行出発の朝、電話しておいたタクシーが玄関に着いた。私は母に「車が来たよ[b]。」と告げた。

○初めて来訪した父の同僚の方が帰宅なさる晩、父からタクシーを呼ぶように言われた。門の前で待っていた私は、車が着くなり、玄関に立っていた父と父の同僚の方に、「車が来たよ[c]。」と大声で報告した。

① 敬語表現に改めなくてよいものを選び、その符号を答えてください。

（　）

② 丁寧語の表現に改めなければならないものを選び、その符号で答えてください。
また、改めた表現を答えてください。

（　）（　）

③ 尊敬語の表現に改めなければならないものを選び、その符号で答えてください。
また、改めた表現を答えてください。
（　）（　）

【解答】
① b
② c 来ましたよ
③ a いらっしゃったよ

【解説】
具体的に会話のやりとりの中での不適切な表現を指摘し、修正をする演習です。

問題24
次の各文の傍線部を、適切な敬語表現に直してください。〈4点〉
①（店員が客に）どの色のセーターにいたしますか。

（　　　　　　　）
② （美容師が客に）どのぐらいの長さにカットなさいますか。
（　　　　　　　）
③ （社員が他社の社員に）当社の社長がこのようにおっしゃっています。
（　　　　　　　）
④ （生徒が先生に）先生が先ほど申されたように。
（　　　　　　　）

【解答】

① なさいますか　② いたしますか
③ 申しております　④ おっしゃった

【解説】

尊敬表現と謙譲表現を、話し手と聞き手の関係を考えながら判断する問題です。

①でセーターを選ぶのは客ですから「する」の尊敬語「なさる」を、②でカットするのは美容師ですから「する」の謙譲語「いたす」を、それぞれ用いなければなりません。

③で言うのは社長ですが、聞き手は他社の社員ですから「言う」の謙譲語「申す」を、④で言うのは先生ですから「言う」の尊敬語「おっしゃる」を用いなければなりません。

問題25

後の各文の傍線部を、次の1～3の表現で、それぞれ答えてください。〈11点〉

1　れる・られるを用いた尊敬表現
2　お～になるを用いた尊敬表現
3　敬意を含んだ単語を用いた尊敬表現

①　先生が言ったことばを忘れません。
1（　　　　　）2（　　　　　）3（　　　　　）

②　どうぞ遠慮なく食べてください。
1（　　　　　）2（　　　　　）3（　　　　　）

③　明日も必ず学校に来てください。
1（　　　　　）2（　　　　　）3（　　　　　）

④ もう遅いので先に寝てください。

1（　　　）　2（　　　）

【解答】

① 1 言われた　2 お言いになった　3 おっしゃった

② 1 食べられて　2 お食べになって　3 召し上がって

③ 1 来られて　2 おいでになって　3 お越し

④ 1 休まれて　2 お休みになって

【解説】

尊敬語の表現には、1尊敬の意味を表す助動詞「れる」「られる」を用いた表現、2「お～なる」という形式を用いた表現、3動作自体を尊敬の意味を含む動詞を用いた表現の3種類があります。1の表現は2・3と比べて比較的軽い敬意を表します。また、3のような単語がすべての動詞についてあるわけではありません。これらを用いて、その場に応じて自分の気持ちの細かいニュアンスまでも自由に表現することができれば、敬語使いの上級者と言うことができるでしょう。
①の2「お言いになった」はあまり一般的ではありません。「おっしゃられた」という表現の方が、かえって一般的と言えましょう。
②では2の表現の一種として「お召し上がりになって」という、より敬意の強い言い方もできます。
③でも2の表現の一種として「お越しになられた」という、より敬意の強い言い方もできます。
④では3に該当する動詞は一般に使われていません。
これら1～3の表現に、漢語表現を加えて組み合わせると、実にさまざまな組み合わせ・表現ができることになります。

問題26
次の各文を、それぞれの条件に従って書き換えてください。〈4点〉
○　ご飯を食べている。
①　自分がそうしていることを目上の人に話す場合。

「（　　　　）」

② 目上の人がそうしていることを別の目上の人に話す場合。

「（　　　　）」

○ テレビを見ている。

③ 目上の人がそうしていることを別の目上の人に話す場合。

「（　　　　）」

④ 自分が目上の人のお宅でそうしていることを、その目上の人に話す場合。

「（　　　　）」

【解答】

① ご飯をいただいております。（います）

② ご飯を召し上がっていらっしゃいます。（おれらます）

③ テレビをご覧になっていらっしゃいます。（おられます）

④ テレビを見せていただいております。（います）

【解説】

敬語の運用について、具体的な条件に応じてどう表現するかを問う問題です。自分の行為である場合と目上の人の行為である場合とを、まず意識することです。次にだれに話すかを意識することです。

(4) 場面別敬語の実例

問題27

次の文章は、ある会社の上司と部下の会話です。文中の（　）に後の語句の中から、正しいと思われるものを選び、記号で記入してください。〈9点〉

「杉本君、ちょっと…」

「はい、何（ア）かですか」

「先日のE社との折衝の件だが、もう一度話を詰めておきたいのだ。そこで（イ）の（ウ）を（エ）もらいたいんだ」

「はい、わかりました。おそらく（オ）も、そのように（カ）おられるのではないでしょうか」
「私はこれから出かけてくるが、（　キ　）頼むよ」
「はい、部長は何時ごろ（　ク　）ですか」
「五時までには帰るつもりだ」
「それまでには、結果を（　ケ　）できると思いますが」

A. 先方　B. ご都合　C. ご報告　D. 願って　E. よろしく　F. お帰り
G. お戻り　H. 先様　I. 伺って　J. ご用　K. 考えて　L. 用事

【解答】

ア→J　イ→A（H）　ウ→B
エ→I　オ→H　カ→D
キ→E　ク→G　ケ→C

【解説】

社内で、部下と話しているわけですから、部長は部長の立場での話し方をしています。
部下は、部長と交渉相手の某社の立場に配慮した言葉使いをしています。例えば、部長は

「先方」と言ってもこの場合かまいませんが、部下は「先様」と言うべきです。

問題28

次の〔　〕の各場面で、それぞれの文の（　）にあてはまる敬語表現として適切なものはどれですか。その記号を答えてください。〈3点〉

①〔生徒が担任の先生に対して〕

学校には、いつも何時ごろ（　　　）。

ア　おみえになりますか

イ　登校しますか

ウ　まいられますか

②〔母親が父親に対して〕

来週、子供をディズニーランドへ（　　　）。

ア　連れて行ってあげてください

イ　連れて行ってさしあげてください

ウ　連れて行ってやってください

③〔電話の相手に身内への伝言を頼まれて〕
承知いたしました。そのように（　　　）。
ア　申し伝えます
イ　申し上げます
ウ　伝えます

【解答】
①ア　②ウ　③ア

【解説】

問題②でも述べたように、敬語を用いた表現は、話し手と聞き手の関係や場面・状況によって、微妙に変化します。ですから、それらの要素を踏まえて適した表現をしなければなりません。
①ではアは、先生に対する敬意を表しています。イは、敬語表現を含んでいません。ウは、「まいる」が謙譲の意味を表しており、この場面には適していません。
②ではアは、「～あげる」という弱い敬意を持った表現をしています。「連れて行く」という

動作の対象は自分の子供ですから、この敬意は不必要ということになります。
③では、アは自分の動作に「申す」という謙譲表現を用いることで電話の相手への敬意を表しています。イは「申し上げる」という謙譲表現を用いることで、身内への敬意を表してしまっています。ウは敬語表現を含んでいません。

問題29
他の会社の社員を集めた講演会での司会者のことばとして、適切なものはどれですか。その記号を答えてください。〈1点〉
① それでは、ただ今より、当社の社長小渕よりご講演をいただきます。
② それでは、ただ今より、当社の社長小渕よりご講演申し上げます。
③ それでは、ただ今より、当社の社長小渕より講演していただきます。
④ それでは、ただ今より、当社の社長小渕様よりご講演させていただきます。
（　　）

【解答】

②

【解説】

他の会社の社員を集めた講演会ですから、問題④とは違い、講演の対象は身内ではありません。「当社の社長」と言っているように、司会者は小渕社長の会社の社員ですから、聴衆である他の会社の社員に敬意を払った表現でなければなりません。

①「ご講演」「いただきます」は、司会者が小渕社長への敬意を表していて、聴衆（他の会社の社員）には敬意を表していません。このような表現は、同じ会社の社員を集めた身内の集まりで社長が講演をする場合のものです。

②「ご講演」「申し上げる」で司会者は聴衆に敬意を表しています。

③「～いただく」は、司会者が小渕社長に敬意を表していて、聴衆への敬意を表していません。

④　司会者はこの場面ではいわば社長の身内ですから、小渕社長への「様」という敬称は不要です。身内の身内への敬意は、かえって滑稽なことになってしまいます。

問題30

次の各文は、弔問に訪れたときのことばです。その後に省略されている適切なことばを答えてください。〈３点〉

①「このたびは、どうも突然のことで。」
（　　　　　　　　　　　　）

②「とるものも、とりあえず。」
（　　　　　　　　　　　　）

③「私でお役に立つことがございましたら。」
（　　　　　　　　　　　　）

【解答】

① 心中お察し申し上げます

② とんで参りました。

③ 何なりとお申しつけください。

【解説】

いずれも弔問に訪れたときに、慣用的に後半部分を省略して言うことのある表現です。弔問者の立場でのことばですから、謙譲表現を用いなければなりません。

①と同様の表現で、事故死のようなさらに突然の死の場合、「このたびは、おもいもかけないご災難で（心中お察し申し上げます。）」などの表現も用いられます。

②は、死を知らされた意外感、自分の動転ぶりを示す言い方です。

もちろん普段は使わない表現ですが、弔問の場ではいずれもよく使われる慣用的表現です。いざというときに使えることが望ましいものです。

問題31

次の各項に該当する手紙文の敬語を、後に掲げた語群の中から選んで、符号で答えてください。〈4点〉

① 普通の手紙文の書き出し （　）
② 改まった手紙文の書き出し （　）
③ 返事としての手紙文の書き出し （　）

④　普通の手紙文の結び（　　）

a　謹啓　b　謹言　c　敬具　d　啓具

e　拝敬　f　拝啓　g　拝復　h　拝複

【解答】

①　f　②　a　③　g　④　c

【解説】

手紙文の書き出しと結びの敬語です。bの「謹言」は、改まった手紙の結びに用いられるものです。他の「啓具」「拝敬」「拝複」などは、存在しないことばです。なお、「啓」は、「言う」意味の謙譲語です。

問題32

次の手紙文の傍線部を、適切な敬語表現に直してください。〈4点〉

初冬の候、中村様にはますますご清祥のことと①思います。

さて、本日は折り入ってお願いがありまして、お手紙を②出します。

お知り合いで、見習いを求めている職場がございませんでしょうか。二年間建築デザインの勉強をして③きましたが、卒業を目前にひかえ、思うような求人がなく、少々あせっております。その方面にお顔の広い中村様ですので、ぶしつけとは存じながら、思いきって筆をとった次第です。

勉強を続けながら仕事のできる都内の職場が希望です。お心あたりがありましたらどうぞご紹介くださいませ。

ご都合のよい日に相談に④行きたいと存じますが、まずはお手紙にてお願い申し上げます。

かしこ

【解答】

①（　　　　）　②（　　　　）

③（　　　　）　④（　　　　）

① 存じます　② さしあげます
③ まいりました　④ あがりたい

【解説】

手紙では、相手の顔が見えないこともあって、直接相手の顔を見ながら話す会話以上に丁寧な表現を心がけることが必要になります。ましてこの場合は、就職についての依頼をするのですから、手紙を受け取る相手に対する敬語表現をしっかり行わなければなりません。

①・②・③・④ともに、自分の動作ですから、謙譲の意味を表す「存ず」「さしあげる」「まいる」「あがる」という表現に改めます。④については、他に「うかがいたい」「参上したい」なども用いることができます。

第4章

文章の構成を知る

(1) 文のなりたち

問題1

次の傍線部の言葉の主語に当たる言葉を書いてください。〈2点〉

① 科学の言葉はその筋道のあとを正確にたどりさえすれば、だれにもそれを理解することができるが、詩の言葉は「われ」の言葉であって他人向けの言葉ではないから、詩人の「われ」のなかに、詩人の「われ」の世界のなかに入りこまなければ、その心の世界は理解できないのである。（　　　）

② 一流ホテルの、いかにも「一流でございい」というロビーに、たいていこうした男女の一群がたむろしているのは、そうでないとどうしていいかわからない客がいると考え、ホテル側があらかじめ専門の「仕出し屋」に頼んで、用意しておく場合が多いからである。（　　　）

【解答】

① だれにも　② ホテル側が

【解説】

①「(……すれば)だれにも(それを)理解できるが、(……から、……なければ)(その心の世界は)理解できないのである」という構造です。簡単にすると、「だれにも…を理解できるが……は理解できない」となっています。

②「考え」の前には主語はありませんが、「考え」たのは「だれがか」と考えて文章を読むと、「ホテル側が」「……と考え」「……に頼んで」「用意しておく」のだと理解できます。

問題2

次の傍線部が修飾している連文節を書いてください。〈2点〉

① ドイツへ行くたびにわたしがそのことを賞賛し、羨むのは、一方では自分の生まれ育った国で過去四十年間に地方都市があまりにも特色と個性とを失ってしまったことへの不満が強いからである。
(　　　　　　　)

② だからたぶん、生命の存在しない宇宙や、われわれとは全く異なった生命の存在する宇宙や、想像もできないような現象が存在する宇宙やらがあって、それぞれが自分の宇宙の居心地のよさに驚いているに違いないのだ。

【解答】

①　強いからである　②　驚いているに違いないのだ

【解説】

①「一方では」を、その後の文節（修飾しそうな文節）の前に順に移動させていきます。

○過去四十年間に地方都市が一方ではあまりにも…、

○地方都市があまりにも特色と個性とを一方では失って……

○特色と個性とを失ってしまったことへの不満が一方では強いからである。

このようにして、修飾語の位置を下にずらし、自然につながるもののうち、最も下のものを選びます。

②「たぶん」は陳述の副詞で、「たぶん……だろう」というように被修飾語に推量・推定の表現を要求します。ここでは「……違いないのだ」が推定の意味を表しています。

問題3

次の各文の文節数を答えてください。〈2点〉

① 白いため息まじりの北風小僧がひとり、また泣きながら駆けて行く寒い冬の昼下がり。（　　　）

② どの星にお願い事をすればいいのやら迷っているうちに流れ星が消えてしまいそうだ。（　　　）

【解答】

① 11　② 11

【解説】

文法問題を取り組むときに、「文節」を意識しなければならないことが、しばしばあります。句点から句点までの一続きが「文」、その文を不自然でない程度に最小に区切ったときに得られるものが「文節」です。「不自然でない程度」というのがやや曖昧に感じられますが、「ね・さ・よ」を入れて自然に区切れるところが「文節」の切れ目です。

さて①の区切り方は「白い／ため息まじりの／北風小僧が／ひとり、／また／泣きながら／駆けて／行く／寒い／冬の／昼下がり。」となります。原則的に「一文節に自立語は一つ」です。「駆けて行く」の「駆ける」「行く」はともに動詞で自立語になるので、二文節と考えます。

次に②の区切り方は「どの／星に／お願い事を／すれば／いいのやら／迷って／いる／うちに／流れ星が／消えて／しまいそうだ。」となります。「迷っている」の「迷う」「いる」、また「消えてしまいそうだ」の「消える」「しまう」はいずれも動詞で自立語なので「文節」として区切ります。「うちに」の「うち」は「外」に対する語で名詞です。「家」「自分の属するところ」という意味でも使われますが、連体修飾語を伴って「抽象的な事柄の範囲」「終始そのようなさまである間」という意味で使われます。このような語を「形式名詞」と呼び、もちろん自立語ですので「文節」として区切ります。

問題4

次の文の①～⑩の単語が、自立語ならば「自」、付属語ならば「付」で、それぞれ答えてください。〈10点〉

①好きな　②本　③を　④読ま　⑤せ
⑥て　⑦もらえ　⑧なかっ　⑨た　⑩ようだ。

①（　）　②（　）　③（　）　④（　）　⑤（　）
⑥（　）　⑦（　）　⑧（　）　⑨（　）　⑩（　）

【解答】

①自　②自　③付　④自　⑤付
⑥付　⑦自　⑧付　⑨付　⑩付

【解説】

その単語だけで文節が作れるものを「自立語」、その単語だけでは文節が作れず、自立語に接続して文節を作るものを「付属語」といいます。

さて、問題の文を文節に区切ると「好きな／本を／読ませて／もらえなかったようだ。」となります。「自立語」は一文節に一つ、というのが大原則で、さらに「自立語」は文節の先頭にくる、というのが原則その二になります。「自立語」は四つの文節の各先頭の単語、残りの単語が「付属語」になります。

問題5

次の文は、ア単文、イ複文、ウ重文のどれにあてはまりますか。記号で答えてください。〈5点〉

① 庭にみごとな花がたくさん咲いている。（　　）

② 雨が降れば、遠足は中止だ。（　　）

③ 沖縄の海は青くて広い。（　　）

④ おじいさんは山へしばかりに、おばあさんは川へ洗濯に行きました。（　　）

⑤ 私は猫がねずみをとるところをみた。（　　）

【解答】

① ア　② イ　③ ア　④ ウ　⑤ イ

【解説】

「文」は構造上から次の三種類に分類できます。ア単文…一つの文の中で主語・述語の関係が一回だけ使われている文。イ複文…一つの文の中で主語・述語の関係が二回以上使われている文。ウ重文…一つの文の中に、主語・述語の関係が二つ以上あり、それらが対等の関係にある文。

①「花が」が主語で「咲いている」が述語（述部）です。

②「雨が」と「降れば」の文節が主語・述語の関係で、「遠足は」と「中止だ」も主語・述語の関係になっています。

③「海は」が主語で「青くて広い」が述語（述部）になっています。

④「おじいさんは」が主語、「しばかりに」が述語、「おばあさんが」が主語、「行きました」が述語で、お互いが対等の関係になっています。

⑤「わたしは」と「みた」が主語・述語の関係で、「猫が」と「とる」が主語・述語の関係になっています。

問題6
いわゆる「らぬきことば」の文法的間違いとはどのようなことですか。分かりやすく説明してください。〈1点〉

【解答】

例：「着る」「食べる」などの上一段活用や下一段活用の動詞を可能の表現にするには、可能の助動詞「られる」を付けて表現するのが正しいのに、可能の助動詞「れる」を付けてしまうという間違いを犯している。

【解説】

「らぬき言葉」は、「着れる」「食べる」のように可能を表すときに用いられています。可能動詞は五段活用以外の動詞からは作ることができないので、「着る」「食べる」という下一段活用動詞を可能の表現にするときは、「られる」という可能の助動詞をつけて「着られる」「食べられる」としなければなりません。

つまり、「らぬき言葉」は、①五段活用以外の動詞から、無理やり可能動詞を作ったか、②可能の助動詞「られる」ではなく、同じ可能の助動詞「れる」を付けてしまったという文法的間違いを犯しているわけです。

(2) 品詞の種類と用法

問題7

次の各文の傍線部の品詞名を答えてください。〈8点〉

① 彼の成績もずいぶん向上したようだ。（　　）
② 明るくなるまで待とう。（　　）
③ 橋の下に隠れよう。（　　）
④ 九時頃に出かけます。（　　）
⑤ 遠くを見つめる君の瞳。（　　）
⑥ わざわざ待っているのだから急ごう。（　　）
⑦ 世の中には不思議なことが多くある。（　　）
⑧ 私の会社はすぐそこにあります。（　　）

【解答】

① 副詞　② 形容詞　③ 動詞　④ 助動詞

⑤ 名詞　⑥ 助詞　⑦ 形容動詞　⑧ 代名詞

【解説】

「品詞」とは、文法上の意義・性質・形態などから分類した単語の種類のことです。「自立語か付属語か」、「活用があるのかないのか」、文の成分としては「主語、述語、連体修飾語、連用修飾語、接続語、独立語のいずれになることが、できるか」、活用語の言い切りの形（基本形）は「ウ段音、『い』、『だ・です』のいずれで終わるのか」ということで単語を分類します。

①「ずいぶん」という単語一語だけで文節になっているので自立語です。また、活用はなく、「向上する」という用言を修飾しているので、副詞ということになります。

②「明るく」も①「ずいぶん」と同様に自立語で、「なる」という用言を修飾していますが、「明るかっ（た）」「明るけれ（ば）」と活用するので、副詞ではありません。文の成分としては、「空が明るい」のように述語になるので用言で、基本形が「い」で終わるので形容詞です。

③「隠れ」は基本形が「隠れる」になり、自立語で、「隠れ（ない）」「隠れれ（ば）」と活用し、述語になる単語です。基本形がウ段音で終わるので、品詞は動詞です。

④「ます」はこの語だけでは文節を作れないので付属語です。また「（出かけ）ませ（ん）」「（出かけ）まし（た）」というように活用します。付属語で、活用があるので、助動詞です。

⑤「遠く」は、一見②「明るく」と同じように考えられますが、連用修飾語にはなっていません。また格助詞（体言または体言に準ずる語に付いて、その語が他の語にどんな関係で続くかを示す助詞）「を」に続いているので名詞です。もともとは「遠い」という形容詞ですが、転じてできた名詞ということで特に「転成名詞」ということがあります。

⑥「て」は、④「ます」同様、付属語ですが、「ます」のように活用することはないので助詞です。

⑦「不思議な」は、「実に不思議だ。」という文のように、自立語で、活用があり、述語となる単語です。基本形は「だ」で終わるので、品詞は形容動詞です。

⑧「そこ」は自立語で活用がなく、格助詞「が」を付けて主語になる単語なので、体言ということがわかります。場所や人を指し示す代名詞です。（代名詞を名詞の一種とすることもあるので、「名詞」と答えても正解とします。）

問題8

次の各組の語には、一つだけ他と文法的に性質の違うものがあります。その語を記号で答えてください。〈5点〉

① ア 三羽　イ なん回　ウ 七時半　エ いくつ　オ 小林一茶（こばやしいっさ）

（　　）

② ア 松尾芭蕉　イ 図書館　ウ 守礼門（しゅれいもん）　エ 源氏物語　オ 中尊寺（ちゅうそんじ）

（　　）

③ ア ラジオ　イ ドイツ　ウ スポーツ　エ バレー　オ ヨット

（　　）

④ ア ぼく　イ だれ　ウ あなた　エ このひと　オ それ

（　　）

⑤ ア 泳ぐ　イ 考え　ウ 釣り　エ ひかり　オ 遊び

（　　）

【解答】

①オ　②イ　③イ　④オ　⑤ア

【解説】

①～④は名詞および代名詞の種類を確認する問題です。名詞には、普通名詞、固有名詞、数詞、形式名詞があり、代名詞には人称代名詞と指示代名詞があります。（代名詞を名詞の一つとすることもあります。）⑤は他の品詞から転じて名詞になった転成名詞の問題です。

①　ア、イ、ウ、エはものの数、数量、順序などを表す数詞で、オは人名、地名、書名など特定のものを表す固有名詞です。

②　イは普通のものごとの名称を表す普通名詞で、他は固有名詞です。

③　イは固有名詞で、他は普通名詞です。

④　ア、イ、ウ、エは人を指し示す人称代名詞で、オは事物、方向、場所を指し示す指示代名詞といわれるものです。

⑤　アはものごとの動作、作用、存在などを表す動詞です。イ、ウ、エ、オは動詞の連用形から名詞になった転成名詞とよばれるものです。

問題9

次の各文の名詞を含む傍線部は、あとのア～オのどれにあてはまりますか。それぞれその記号で答えてください。〈5点〉

① これは前から欲しかった本だ。（　　）

② 目の奥がキラキラ光っていた。（　　）

③ 水の中に何かある。（　　）

④ その名前を聞いて足がすくんだ。（　　）

⑤ お母さん、ごめんなさい。（　　）

ア　単独で用いられて独立語になっている。

イ　付属語をともなって主語になっている。

ウ　付属語をともなって述語になっている。

エ　付属語をともなって連体修飾語になっている。

オ　付属語をともなって連用修飾語になっている。

【解答】①ウ　②イ　③エ　④オ　⑤ア

【解説】

名詞が文の中でどのような働きをするかを問う問題です。

①「本だ」は「これは」という主語に対する述語になっています。さらに「本だ」は「本」という名詞と断定の意味を表わす「だ」という助動詞からできています。もちろん助動詞は付属語です。

②「奥が」は「光っていた」という述部に対する主語になっています。さらに「奥が」は「奥」という名詞に主語を示す助詞「が」が接続しています。もちろん助詞も付属語です。

③「水の」という文節は「中に」という名詞（体言）を含む文節を修飾しています。

④「名前を」という文節は「聞いて」という動詞（用言）を含む文節を修飾しています。

⑤「呼びかけ」を表す独立語になっています。

問題10

次の各文で、傍線部が形式名詞として使われているものを選び、その記号で答えてく

ださい。〈5点〉

① ア いま、行くところです。 イ そこは、わたしの寝るところです。（　）

② ア この通りはよく渋滞する。 イ 確かに君のいうとおりです。（　）

③ ア ことが起きてからでは遅い。 イ 泳ぐことが好きだ。（　）

④ ア とてもためになる本だ。 イ 研究のためにアメリカにわたる。（　）

⑤ ア 地震のときはあわてるな。 イ ときを知らせる鐘。（　）

【解答】

① ア　② イ　③ イ　④ イ　⑤ ア

【解説】

名詞としてのもとの意味がうすれて、補助的、形式的に用いられる形式名詞を選ぶ問題です。形式名詞ではふつう、その内容を示す言葉が、上に出てきます。また、形式名詞はかな書きにするのが普通です。

① アは「行く」という動作を補っているだけで、イは場所の意味で使われています。

② アは「道」という意味で使われて、イはその内容を示すことば「君のいう」が前に

出ています。

③　アは「事件」という意味で使われて、イはその内容を示すことば「泳ぐ」が前に出ています。

④　アは「役に立つ」という意味で使われて、イはあることをする「目的」を表しています。

⑤　アは他のことば（この文では「地震」）のあとについて「場合」という意味を表し、イは「時刻」という意味を表しています。

問題11

次の複合名詞の成り立ちは、あとのア〜オのどれにあてはまりますか。記号で答えてください。〈5点〉

①　意地悪　（　　）　②　うれし涙　（　　）

③　にわか雨　（　　）　④　ただごと　（　　）

⑤　飛び込み　（　　）

ア　形容動詞の語幹＋名詞　イ　名詞＋形容詞の語幹

ウ　動詞＋動詞　エ　副詞＋名詞

オ　形容詞の語幹＋名詞

【解答】
①イ　②オ　③ア　④エ　⑤ウ

【解説】

二つ以上の単語が合わさってできた名詞を複合名詞といいます。その複合名詞がどういう成り立ちをしているかを確認します。
①「意地」（名詞）と「悪い」（形容詞）が合わさってできています。
②「うれしい」（形容詞）と「涙」（名詞）が合わさってできています。
③「にわかだ」（形容動詞）と「雨」（名詞）が合わさってできています。
④「ただ」（副詞）と「こと」（名詞）が合わさってできています。
⑤「飛ぶ」（動詞）と「込む」（動詞）が合わさってできています。

問題12
動詞に関しての次の各文の内容が、正しければ○を、正しくなければその根拠を具体

例を挙げて書いてください。〈5点〉

① すべての動詞は「ない」をつけて、打ち消しの言葉にすることができる。
（　　　）

② 活用形を見ると、すべての動詞の終止形と連体形は同形である。
（　　　）

③ 動詞の音便形は、イ音便、ウ音便、撥音便、促音便の四つである。
（　　　）

④ 撥音便は、マ行とバ行に活用する動詞にだけある。
（　　　）

⑤ 動詞で音便形があるのは、五段活用の連用形だけである。
（　　　）

【解答】

① 五段活用動詞の「ある」は「あらない」とすることができない。

② ○

③ ウ音便は、「うれしゅう」というふうに、形容詞の場合に起こる。
④ 「死んで」というふうに、ナ行にもある。
⑤ ○

【解説】

① 動詞の活用の種類を見分けるのに「ナイ」をつけて、その直前の音がア段なら五段活用、イ段なら上一段活用、エ段なら下一段活用とする方法があります。ところがこの方法ですと、五段活用動詞の「ある」が「あらない」となって、五段でないと思う人が出てきます。同じ打ち消しの助動詞「ぬ」をつけて考えてみると「あらぬ」となり、すべてうまくいきます。

② 活用形を並べてみると分かりますが、すべて同形です。終止形であるか、連体形であるかの判断は、その動詞に接続する語から考えます。
終止形に接続する語…と・けれど（も）・が・から・し・句点・（そうだ）
連体形に接続する語…ようだ（です）・の・のに・ので・体言。

③〜⑤ 動詞の音便形には、イ音便・撥音便・促音便の三つがあります。五段活用動詞の連用形が「た・て・たり（だ・で・だり）」に続く場合にあらわれます。（ただし、、サ

行に活用する動詞は音便形になりません。）
イ音便は「い」に変わる音便で、カ行・ガ行に活用する動詞にあらわれます。
例：書いた・書いて・書いたり
撥音便は「ん」に変わる音便で、ナ行（「死ぬ」一語のみ）・バ行・マ行に活用する動詞にあらわれます。
例：住んだ・住んで・住んだり
促音便は「っ」に変わる音便で、タ行・ラ行・ワ行に活用する動詞にあらわれます。
例：勝った・勝って・勝ったり

問題13
次の傍線部の言葉と同じ用法のものをア～エから選び記号を記してください。〈2点〉
① 運動不足で体力が衰えるばかりだ。
ア どうでもいいことばかり覚えている。
イ これを読み切るには後三日ばかりかかる。
ウ 目が覚めたばかりでぼうっとしている。

エ　待ってましたとばかりに手を挙げた。（　　）

②　吾輩は猫である。

ア　風邪で頭がいたい。

イ　食料は一か月でなくなった。

ウ　勝手に自分でやればいい。

エ　これが君ので、あれが僕のだ。（　　）

【解答】

①ア　②エ

【解説】

①の「衰えるばかり」は限定の用法で「だけ」に言い換えられます。

アも限定の用法で「どうでもいいことだけ覚えている」と言い換えられます。

イはおよその程度を表しており、「後三日ぐらいかかる」と言い換えられます。

ウは完了の直後を表しており、「目が覚めた直後で」と言い換えられます。

エは「今にもしそう」という意味を表しています。

②の「猫である」の「で」は断定の助動詞「だ」の連用形です。
ア「風邪で」……原因を示す格助詞。
イ「一か月で」…時間を示す格助詞。
ウ「自分で」……手段を示す格助詞。
エ「君ので」……断定の助動詞「だ」の連用形。

問題14

次の各文の傍線部の動詞の種類を、ア～エから選び、記号で答えてください。〈8点〉

①　話がまとまる。（　）　②　話をまとめる。（　）
③　犬が走っている。（　）　④　吾輩は猫である。（　）
⑤　明日は遊べる。（　）　⑥　ご飯を食べる。（　）
⑦　癖をつける。（　）　⑧　十時には着ける。（　）

（ア）自動詞　（イ）他動詞　（ウ）可能動詞　（エ）形式動詞

【解答】

①ア　②イ　③エ　④エ　⑤ウ　⑥イ　⑦イ　⑧ウ

【解説】

自立語で活用し、基本形がウ段音で終わる単語の動詞は、働きで種類がいくつかに分かれます。

まず、一般的に目的語をとらず、その単語自体完結した動作や作用を表すものを「自動詞」、作用が及ぶ対象の事柄を目的語としてとるものを「他動詞」といいます。問題でいうと、①の「まとまる」が自動詞で、②の「まとめる」のように「何を」という文節を必要とするものが他動詞です。

次に、元は五段活用動詞であったものが下一段活用に転じて可能（～できる）の意味を持つようになったものが「可能動詞」です。⑤の「遊べる」は「遊ぶ」という五段動詞が下一段動詞になったもので、「遊ぶことができる」という意味で使います。⑧の「着ける」も元は「着く」で、「着くことができる」という意味で使っているので、同様に可能動詞です。⑥の「食べる」、⑦の「つける」はもともと下一段動詞で「～できる」という意味はありません。また「何を」という文節を必要とするので、他動詞になります。

最後に「いる」「ある」ですが、いずれも存在を表す動詞です。しかし問題の文の「いる」「ある」には存在の意味がありません。③は「走る」という動作が進行・継続していることを表し、④は助動詞「だ」の連用形に付いて指定の意味を表しています。このようにもとの意味がなくなり、付属語的な働きをする動詞を「形式動詞」あるいは「補助動詞」といいます。

問題15

次の①〜⑩の形になるように、後のA群とB群の言葉をそれぞれ組み合わせて、言葉を作ってください。〈10点〉

① 接頭語＋動詞の形の動詞を作る。（　　）
② 名詞＋接尾語の形の動詞を作る。（　　）
③ 形容詞の語幹＋接尾語の形の動詞を作る。（　　）
④ 形容詞の語幹＋接尾語の形の形容詞を作る。（　　）
⑤ 接頭語＋形容詞の形の形容詞を作る。（　　）
⑥ 名詞＋接尾語の形の形容詞を作る。（　　）

⑦ 副詞＋接尾語の形の形容詞を作る。（　　）
⑧ 動詞＋接尾語の形の形容詞を作る。（　　）
⑨ 名詞＋接尾語の形の形容動詞を作る。（　　）
⑩ 形容語＋接尾語の形の形容動詞を作る。（　　）

《A群》（接頭語・接尾語）
しい　らしい　的だ　い　めく
こ　やかだ　がる　たい　うち

《B群》
寒い　望む　常識　とける　けむい
四角　軽い　春　わざと　うるさい

【解答】
① うちとける ② 春めく ③ 寒がる ④ けむたい ⑤ こうるさい
⑥ 四角い ⑦ わざとらしい ⑧ 望ましい ⑨ 常識的だ ⑩ 軽やかだ

【解説】

接頭語や接尾語が付いてできた動詞・形容詞・形容動詞を、それぞれ派生動詞・派生形容詞・派生形容動詞といいます。

派生動詞をつくる接頭語には次のものがあります。

うちしずむ／たなびく／そらとぼける／ぶっとばす／かっぱらう　など

派生動詞を作る接尾語には次のものがあります。

寒がる／高める／汗ばむ／えらぶる／子供じみる／涙ぐむ／大人びる／春めく　など

派生形容詞を作る接頭語には次のものがあります。

お久しい／け高い／こきたない／そらおそろしい／たやすい／か細い　など

派生形容詞を作る接尾語には次のものがあります。

白っぽい／重たい／男らしい／しのびがたい／勇ましい　など

派生形容動詞を作る接頭語・接尾語には次のものがあります。

お元気だ／おあいにくさま／人間的だ／晴れやかだ／楽しげだ　など

問題16

次の形容詞はあとのア～オのどれにあてはまりますか。記号で答えてください。〈5点〉

① おお、寒。（　　）
② とても心細い。（　　）
③ まっ白い紙。（　　）
④ 油っこい料理。（　　）
⑤ ようございます。（　　）

ア　語幹だけで使われる　　イ　接尾語がついたもの
ウ　ウ音便の形　　エ　複合形容詞
オ　接頭語がついたもの

【解答】
①ア　②エ　③オ　④イ　⑤ウ

【解説】
形容詞のいろいろな用法に関する問題です。
①　形容詞の語幹の用法です。それだけで文を終止します。たいてい上に感動詞がつきます。

②は複合形容詞の問題です。「心細い」は「心」（名詞）に「細い」（形容詞）がついてできた形容詞です。複合形容詞は、すべて下に形容詞がきます。

③、④は派生語としての形容詞の問題です。「まっ白い」は「ま」という接頭語に「白い」という形容詞がついてできています。「油っぽい」は「油」（名詞）に「ぽい」という接尾語がついてできた形容詞です。

⑤ 形容詞の音便に関する問題です。連用形「〜く」が「〜ございます」「〜存じます」などに連なると「く」が「う」に変わることがあります。これをウ音便といいます。「よい」＋「ございます」が「ようございます」となります。

問題17

次の（ア）〜（エ）の傍線部の中に、一つだけ意味・用法の違うものがあります。それぞれ選び、記号で答えてください。〈7点〉

① （ア）君は夢ばかり追っている。
（イ）他人のことばかり気にする。
（ウ）わずか三日ばかりでやめてしまった。

(エ)強いばかりが能ではない。

②(ア)友達と遊ぶ。

(イ)明日には帰ろうと思う。

(ウ)いよいよ三月となった。

(エ)読むとわかるだろう。

③(ア)逃げようとしたが、足が動かなかった。

(イ)勉強もよくできるが、性格もよい。

(ウ)勉強はよくできるが、性格が悪い。

(エ)口ではいいことを言うが、実行が伴わない。

④(ア)何かおもしろいことでもないかな。

(イ)校庭は、市民の避難場所でもある。

(ウ)パンでも食べようか。

(エ)今頃中学生ぐらいにでもなっているんだろう。

⑤(ア)読書が私の楽しみです。

(イ)遠くに山が見える。

(ウ)探したが見つからなかった。

(エ)稲穂が黄色くゆれる。

⑥(ア)どんなに頑張っても勝てなかった。

(イ)どんな努力も報われなかった。

(ウ)彼の前では手も足も出なかった。

(エ)見たことも聞いたこともない。

⑦(ア)あと一週間くらいで完成する。

(イ)前もって本を読むのは必要なことである。

(ウ)病気で学校を休む。

(エ)体育祭は県立の運動場で行われる。

①（　）　②（　）　③（　）　④（　）

⑤（　）　⑥（　）　⑦（　）

【解答】

①ウ　②エ　③イ　④イ　⑤ウ　⑥ア　⑦イ

【解説】

①「ばかり」が数量を表す語についた場合は、「ほど」や「くらい」と同じで、おおよその程度を示します。またさまざまな語について「だけ」と同じく限定の意を表します。よって、(ア)(イ)(エ)が限定、(ウ)が程度を表しています。

②(ア)は「友達」という体言について動作の相手を示す格助詞です。(イ)は引用を表す格助詞で「と」の前の部分は「」でくることができます。(ウ)は「三月」という体言について結果を示す格助詞です。(エ)は「読む」という動詞に接続しています。仮定の条件を示し、そのあとに順当な結果が生じることを表す接続助詞です。

③は接続助詞「が」の働きを識別する問題です。(ア)(ウ)(エ)はいわゆる逆接の意を表しています。つまり「が」の接続している条件(原因・理由)に対して順当な結果がこないものです。(イ)には逆接の意がなく、並立や対比を表しています。

④は副助詞「でも」と連語の「でも」を識別する問題です。副助詞「でも」は一つのことを取り上げて強調し、他のことを推し量らせる働きが主にあります。(子供にでもできる。)また、おおまかに取り上げていう場合にも用います。(お茶でも召し上がれ。)(ア)(ウ)(エ)がこれらに該当して副助詞です。それに対して連語の「でも」には、断定の

助動詞「だ」の連用形「で」＋副助詞「も」の「でも」と、格助詞「で」＋副助詞「も」の「でも」とがあり、（イ）は前者です。連語の「でも」の場合、「も」を取り除いても、文の意味が通ります。

⑤（ア）（イ）（エ）はそれぞれ体言に接続して主語を示す格助詞です。（ウ）は「探した」に接続していますが、後に続く文はその順当な結果ではありません。よって逆接の意を表す接続助詞ということになります。

⑥は副助詞「も」とそれ以外を識別する問題です。副助詞「も」は、まず同類の事柄の中から一つを取り上げて示す働きをします。（この本もください。）また（イ）のように不定を表す語について全面的な否定（または肯定）を表したり（何も知らない。）、（ウ）（エ）のように、さらに極端なものをあげて、事柄がそこまで及んでいることを示したり（「さえ」「すら」に置き換えることができます。）、同類の事柄を並べて示したりします。ところが、（ア）はいずれの用法にもあてはまりません。「頑張る」という語について、仮定の条件、あるいは既定の条件を示し、次に述べる事柄がその条件にしばられないことを表す接続助詞「ても」の一部です。

⑦は格助詞「で」と断定の助動詞「だ」の連用形「で」とを識別する問題です。（ア）は

期限・限定を、（ウ）は原因・理由を、（エ）は場所を示しています。ところが、（イ）は付属語ですが、「た」を接続させると「だっ（た）」、「う」を接続させると「だろ（う）」と活用するので断定の助動詞です。

問題18

次の各文の傍線部の副詞は、ア～ウの傍線部のどの副詞と同じ働きをしていますか。それぞれア～ウから一つ選び、記号で答えてください。〈6点〉

① じっと見つめてはいけない。（　）
② もっと右によってください。（　）
③ かりに失敗しても私は後悔しません。（　）
④ 暑くてのどがからからに渇いた。（　）
⑤ めったに間違ったことはしない。（　）
⑥ なぜ決まりを守れないのか。（　）

（ア）町の静けさは、あたかも死の世界のようだった。
（イ）自分の考えをはっきり言うことが必要です。

（ウ）朝の湖面はたいへん静かだ。

【解答】
①イ　②ウ　③ア　④イ　⑤ア　⑥ア

【解説】
副詞の種類を見分ける問題です。

まず、（ア）の「あたかも」という副詞は「〜のようだ」という比況の表現を伴う「陳述（叙述）の副詞」です。このように、「陳述の副詞」とその副詞に対する一定の表現の関係を「呼応」といいます。

次に、（イ）の「はっきり」は「言う」を修飾して「どのように」ということを説明しています。このような語を「状態の副詞」といいます。この副詞は主に動詞を修飾します。

最後に、（ウ）の「たいへん」は「静かだ」を修飾して「どのくらい」ということを説明しています。このような語を「程度の副詞」といいます。この副詞は主に形容詞・形容動詞を修飾しますが、名詞や他の副詞を修飾することもあります。

さて、①・④は「どのように」を説明しているので「状態の副詞」です。②は「右に」

という体言を含む文節を修飾して「どのくらいか」を説明している、「程度の副詞」です。通常は「もっと大きい」というように、用言を修飾します。③・⑤・⑥はいずれも「陳述の副詞」です。「かりに」は仮定条件を表す助詞「ても」と呼応します。「めったに」は「決して」「全然」と同様に打消表現（「ない」「ん」など）と呼応します。「なぜ」は疑問表現を表す助詞「か」などと呼応します。

問題19

次の各文中から連体詞を抜き出し、その語が修飾している文節を示してください。〈5点〉

① そういえば、先日はとんだ災難に見舞われてしまいました。

（　　）→（　　）

② あの兄弟はいつもケンカばかりしている。

（　　）→（　　）

③ ほんの少しですが、どうぞお受け取りください。

（　　）→（　　）

④ いかなる結果になろうと、それなりの覚悟ができている。

⑤　大変なことでしたが、いろんな方法でなんとか解決することができました。
（　　）→（　　）
（　　）→（　　）

【解答】
①　とんだ→災難に　②　あの→兄弟　③　ほんの→少しですが
④　いかなる→結果　⑤　いろんな→方法で

【解説】
自立語で活用がなく、連体修飾語になる単語が「連体詞」です。①「そう」は「いえば」を、②「いつも」は「して」を、③「どうぞ」は「お受け取りください」を⑤「なんとか」は「できました」をそれぞれ修飾している連用修飾語なので連体詞ではありません。副詞です。④「それなりの」は連体修飾語ですが、「それなり」「の」と二語に分かれます。⑤「大変な」も連体修飾語ですが、基本形が「大変だ」という形容動詞の連体形です。

問題20

次の各文の接続詞を抜き出し、それぞれの接続詞の種類をア〜カから一つ選び、記号で答えてください。〈6点〉

① 彼女はどなりました。そして、大急ぎで服を着替えると、飛び出して行きました。

接続詞［　　　　］　種類（　）

② 彼は力の限り走り続けました。すると、遠くに見えた町がだんだん大きくなってくるのでした。

接続詞［　　　　］　種類（　）

③ ところで、次の列車まであと二〇分だ。町には明日のお昼に着くだろう。

接続詞［　　　　］　種類（　）

④ チョコレートにしますか。それともクッキーにしますか。

接続詞［　　　　］　種類（　）

⑤ 僕は少し大人になっているのかもしれません。つまり、世界を広く見たいんです。

接続詞［　　　　］　種類（　）

⑥ 母は一階に下りていきました。でも僕はいつまでも二階の自分の部屋から出よ

うとはしませんでした。

接続詞［　　　］種類（　）

（ア）順接　（イ）逆接　（ウ）並立・累加

（エ）対比・選択　（オ）説明　（カ）転換

【解答】

①　そして（ウ）　②　すると（ア）　③　ところで（カ）

④　それとも（エ）　⑤　つまり（オ）　⑥　でも（イ）

【解説】

自立語で活用がなく、文と文、文節と文節、単語と単語をつなぐ働きをする語が接続詞です。接続詞は働きによって大きく六種類に分かれます。

①「そして」は、前の事柄に続いて次の事が起こったり、付け加えたりするときに用います。このような働きを「並立・累加」などといいます。ほかに「それから・それに・そのうえ・なお・また」などがあります。

②「すると」は、前の事柄がきっかけ（原因・理由）になって、後の事（順当な結果）が起こることを表します。このような働きを「順接」といいます。ほかに「したがっ

て・それで」などがありますが、代表的な順接の接続詞として「だから」があります。

③「ところで」は、話題を変えるときに用いる接続詞です。このような働きを「転換」といいます。ほかに「さて・それでは」などがあります。

④「それとも」は、前の事と後の事のどちらを選ぶのかということを表します。このような働きを「対比・選択」などといいます。ほかに「または・あるいは・もしくは」などがありますが、「それとも」は疑問表現で用いられることが多くあります。

⑤「つまり」は、ほかの言葉を使って説明するときに用います。ほかに「すなわち」がありますが、理由を説明するときには「なぜなら（ば）」が用いられます。

⑥「でも」は、前の事柄と反対の事が次にくることを表します。また、前の事柄（原因・理由）に対して順当な結果がこないことを表します。このような働きを「逆接」といいます。②の「順接」とは反対のはたらきをします。ほかに「けれど（も）・（だ）が・ところが」などがありますが、代表的な逆接の接続詞として「しかし」があります。

問題21

次の各文から感動詞を抜き出し、それがあとのア～オのどれにあたるか記号で答えて

ください。〈5点〉

①　やれやれ、試験もやっとすんだ。（　　）
②　ねえ、これ使ってもいいでしょう。（　　）
③　うん、それでいいよ。（　　）
④　こんにちは、今日は寒いですね。（　　）
⑤　どっこいしょ、重い荷物だ。（　　）

ア　よびかけ　イ　あいさつ　ウ　感動　エ　応答　オ　かけ声

【解答】
①　やれやれ・ウ　②　ねえ・ア　③　うん・エ
④　こんにちは・イ　⑤　どっこいしょ・オ

【解説】

感動詞は自立語で活用がなく単独で独立語になる単語です。ちなみに、独立語の文節をつくる単語は、感動詞と体言（名詞）だけです。（ただし、接続詞の文節を接続語と考えないで、独立語と考える場合もあります。）

①「感動」を表わすものは他に「ああ」「おや」などがあります。
②「よびかけ」を表わすものは他に「もしもし」「おい」「やあ」などがあります。
③「応答」を表わすものは他に「なあに」「いいえ」「ええ」などがあります。
④「あいさつ」を表わすものは他に「おはよう」「さようなら」などがあります。
⑤「かけ声」を表わすものは他に「よいしょ」「わっしょい」などがあります。

(3) 文法的誤用と文章書き換え

問題22

次の文は、だれがだれを送ったのか複数の解釈ができて、はっきりしません。語句を変えないで、〔　〕に示した意味の文になるように、二とおりの方法で書き直してください。〈1点〉

☆私は田中と山本と中村を駅まで送った。

〔山本と中村が送られた文に。〕

【解答】

例：田中と私は駅まで山本と中村を送った。

例：私は田中と、山本と中村を駅まで送った。

【解説】

読点を打つ方法と、順序を入れかえる方法とがあります。

読点は、主語と対象語とを分けることができる位置に打ちます。例えば、

・私は田中と山本と、中村を駅まで送った。

とすると、送られたのは中村だけになります。

・私は、田中と山本と中村を駅まで送った。

とすると、三人が送られたことになります。

順序を入れかえる方法で考えると、次の文などができあがります。

A山本と中村を私は田中と駅まで送った。

B山本と中村を田中と私は駅まで送った。

C私は田中と駅まで山本と中村を送った。

A田中と私は駅まで山本と中村を送った。

このA～Dの場合の「田中と」の「と」は、「～といっしょに」という意味をもつ格助詞「と」ですが、この「と」の位置に十分注意しなくてはならないことが分かります。

問題23

次の形容詞に「ございます」をつなげるとどうなりますか。答えてください。〈5点〉

① あぶない（　　　）

② おもしろい（　　　）

③ 広い（　　　）

④ うれしい（　　　）

⑤ 大きい（　　　）

【解答】

① あぶのうございます　② おもしろうございます　③ 広うございます

④ うれしゅうございます　⑤ 大きゅうございます

【解説】

形容詞のウ音便に関する問題です。

①「あぶない」の語幹の最後の音「な」がア段なので、ウ音便の形になるときは、語幹の最後の音はオ段に変化します。

②、③は「おもしろい」も「ひろい」も語幹の最後の音「ろ」がオ段なので、語幹は変化しないで、語尾だけが「う」になります。

④、⑤は「うれしい」も「おおきい」も語幹の最後の音「し」「き」がイ段なので、語幹の最後の音は拗音（ようおん）に変化します。

問題24

次の各文の傍線部に［　］内の意味を表す助動詞を付けた言い方を書いてください。

〈5点〉

① 彼はそんな失敗をする。（打消の推量）（　　　）
② そんなことは僕にはできます。（打消）（　　　）
③ あなたは経験者ですね。（確認）（　　　）
④ 彼に家まで送る。（使役）（　　　）
⑤ 今夜は都合が悪い。（推定）（　　　）

【解答】
① しまい・するまい（・しないだろう）　② できません
③ でした　④ 送らせる　⑤ 悪いらしい

【解説】
① 打消推量の助動詞は「まい」です。この助動詞は五段活用動詞や助動詞「ます」の終止形、五段活用以外の動詞の未然形に接続するので、「しまい」が正解なのですが、「するまい」ともいうことがあります。また話し言葉の場合は「まい」よりも「ないだろう」がよく用いられるので、正解の一つとしました。
② 打消の助動詞といえば「ない」が一般的ですが、丁寧の意を表す助動詞「ます」に

は接続できないので、「ん」を用います。もとは文語的な文章で使われることが多い「ぬ」です。「ん」は活用語の未然形に接続します。

③　過去・完了・存続の助動詞「た」は、問題のような場合、確認の意を表します。「た」は活用語の連用形に接続します。

④　使役の意を表す助動詞は「せる」と「させる」の二つです。五段活用動詞とサ行変格活用動詞には「せる」、それ以外の動詞には「させる」が接続します。「送る」は五段活用動詞なので、「せる」が接続します。「せる」は未然形に接続します。

⑤　推定の意を表す助動詞としては「らしい」があります。「らしい」は動詞・形容詞の終止形、形容動詞の語幹、名詞などに接続します。「推定」という意を広くとらえると「そうだ（悪そうだ）」「ようだ（悪いようだ）」という助動詞を使うこともできます。

第5章

文章の読み方を理解する

(1) 小説

●次の文章を読んで、後の問題に答えてください。

十二月の死者のそばには、一月の死者のもっていた武器が見つかった。銃や手榴弾は、死体より深く沈みこんでいた。ときには、鉄兜もそうだった。これらの死体の軍服の内側についている氏名標は、らくに切りとることができた。溶けかけた雪で、布がくにゃくにゃになっていたからである。まるで溺死したように、ぽっかり開いた口に水がたまっていた。ときには、手足が一本か二本、とけて軟らかくなっているものがあった。運ぶとき、死体はまだ硬直していたが、片手と片腕がだらりと垂れて、まるで死体が手招きしているように、ぶらぶらゆれた。それがゾッとするほど無関心で、卑猥なくらいだった。日向によこたえておくと、どれもこれも、真っ先に眼が溶けた。眼はガラスのような輝きを失い、瞳孔の中の氷が溶けて、ゆっくり眼から流れ出た――まるで声もなく泣いているようだった。

問題1

前文を読み、各数字順に最も適切だと思われるものを一つ選び、記号で答えてください。〈3点〉

① 十二月の死者のそばに、なぜ一月の死者が持っていた武器が見つかったのですか。

ア　武器は鉄製だから、その重さで深く沈む。

イ　武器は人間の死体より小さいから。

ウ　泥土だから、重いものが先に埋もれていく。

（　　　）

② ゾッとするほど無関心で、卑猥なくらいだったのはなぜでしょうか。

ア　死体の手が動いて、まるで手招きでもしているようだったから。

イ　手と腕が、ぶらぶら垂れていたから。

ウ　死んだ筈なのに、手の動作が生きているようだったから。

（　　　）

③ 戦場の悲惨さを表している個所はどこですか。

ア　ぽっかり開いた口に水がたまっていた。
イ　瞳孔の中の氷が溶けて、ゆっくり眼から流れ出た——まるで声もなく泣いているようだった。

（　　　）

【解答】

①ア　②ア　③ア

【解説】

この問題は、ドイツの作家レマルクの『愛する時と死する時』からの抜粋です。レマルクは『西部戦線異状なし』『凱旋門』『汝の隣人を愛せ』などで有名ですが、ナチス・ドイツが、全ヨーロッパを蹂躙し、第二次世界大戦が、まさに勃発しようとする前夜の恐怖と絶望を題材にしています。

一九五四年に発表された『愛する時と死する時』は、ナチス・ドイツの崩壊寸前の状況を描いたものです。

ロシア戦線から敗走するドイツ軍の混乱は、大砲と戦車と敵機に追われ、凄惨な結末をむかえます。主人公のグレーバーは逃がしてやったロシア兵に撃たれ、何とはなしに、実にむなしく死んでいきます。

現代の戦争も無残ですが、過ぎた歴史の事実を重く受けとめたいものです。

問題2

この抜粋文は、戦場でたんたんと死体処理をする部隊の描写ですが、この状況を言い表すとすれば、次のどれですか。記号で答えてください。〈1点〉

ア　無関心　　イ　諦観　　ウ　義務感　　エ　悲しみ　　オ　憤り　（　　）

（　　）

【解答】

エ

【解説】

諦めの観もありますが、やはり悲哀です。

問題3

作者がここで言いたいことは、何ですか。もっとも適切なものを次から選び、記号で答えてください。〈1点〉

ア　勝利への希望　イ　絶望と疑惑　ウ　自棄と虚脱

エ　復讐の決意　オ　自己嫌悪

（　　　）

【解答】

イ

【解説】

「戦争」に対する疑惑。「これは、やっぱり違うんじゃない?」という不信、兵士の自戒。しかしそれを公然と言えない恐れの中の葛藤が、ひしひしと伝わってきます。戦場での死体処理という、死と荒廃の真只中の迷いですから「絶望と疑惑」を読みとることができます。

問題４

この文章は、あるヨーロッパ戦線を舞台にしたものですが、時代はいつの戦争ですか。〈１点〉

ア　第一次世界大戦　　イ　第二次世界大戦　　ウ　普仏戦争　　（　　）

【解答】

イ

【解説】

使用している武器・銃や手榴弾や鉄兜は、二次大戦の主な武器です。

●次の文章を読んで、後の問題に答えてください。

フレゼンバーグは、顔の片側だけで微笑した。もう一方の側は大きな傷跡のため、ほとんど動かなかった。そっち側はまるで死んでいるように見えた。グレーバーは彼の顔の境のところで消える微笑を見ていると、いつも不思議な気がした。偶然のようには見えなかった。

「僕たちは何もほかの人間とちがってやしないよ。戦争のためなんだ。それが一切だ」

フレゼンバーグは首をふって、散歩杖で巻ゲートルの雪を叩き落とした。「そうじゃないよ、エレシスト。僕たちは規準というものを失ってしまったんだ。僕たちは十年間も孤立させられてきた——ゾッとするほど恐ろしい、天にむかって号叫するほどの、非人間的で、滑稽千万な、傲慢不遜のうちに孤立していた。われわれは『支配者的民族』(フェッレンオルク)だ、ほかの民族はすべて奴隷としてわれわれに奉仕しなければならぬ、と宣伝してきた」彼は苦々しそうに笑った。「被支配者的民族——あらゆる愚物、あらゆる法螺吹き、あらゆる命令にしたがうところのだ——いったいそれが支配者的民族となんの関係があるんだ? ここの様子がそのいい答だ。その答は、いつものことながら、罪のある人間よりも罪のない人間によけい当てはまるんだ」

問題5

A　右の文中の傍線部①の解釈は、次のどれがもっとも適切ですか。選び記号で答えてください。〈2点〉

ア　支配者としての哲学　　イ　善良な市民としての常識　　ウ　善悪の判断

（　　　　）

Ｂ　傍線部②『支配者的民族』をスローガンにかかげた国の主義主張とは、次のどれですか。

ア　デモクラシー　　イ　ナチズム　　ウ　ヒロイズム

（　　　　）

【解答】

Ａ　ウ　　Ｂ　イ

【解説】

Ａ　戦争は異常な事態です。長い間、軍隊という孤立した中にいると、何が善で何が悪かの判断もつかなくなってしまうのです。

Ｂ　デモクラシーは、民主主義。

ナチズムは、ドイツのヒトラーが率いるファシスト政党の独裁政治・右翼的全体主義・民族主義のことです。

ヒロイズムは、英雄をあがめ、英雄的な行いを愛する主義のことです。

問題6
傍線部③の意味は、次のどれが適切だと思いますか。記号で答えてください。〈1点〉
ア　独裁者と一般大衆　　イ　支配者と奴隷
ウ　悪人は栄え、善人は亡びる　　エ　偽善者と善良なる市民
（　　）

【解答】
エ

【解説】
戦争でいつも割を食うのは、善良な市民なのです。

●次の文章を読んで、後の問題に答えてください。

春は（①）夏はほととぎす秋は（②）

冬は（③）さえて冷しかりけり

この道元の歌も四季の美の歌で、古来の日本人が春、夏、冬に、第一に愛でる自然の景物の代表を、ただ四つ無造作にならべただけの、(1)月並み、常套、平凡、この上ないと思えば思え、歌になっていないと言えば言えます。しかし別の古人似た歌の一つ、僧良寛（一七五八ー一八三七年）の辞世、

形見とて何か残さん春は（①）
山ほととぎす秋はもみじ葉

これも道元の歌と同じように、ありきたりの事柄とありふれた言葉を、ためらいもなく、と言うよりも、ことさらもとめて、連ねて重ねるうちに、(2)日本の真髄を伝えたのであります。まして、良寛の歌は辞世です。

霞立つ永き春日を子供らと
手毬つきつつこの日暮らしつ

風は清し月はさやけしいざ共に
踊り明かさむ老いの名残りに

世の中にまじらぬとにはあらねども

(3)ひとり遊びぞ我はまされる

これらの歌のような心と暮らし、草の庵に住み、粗衣をまとい、野道をさまよい歩いては、子供と遊び、農夫と語り、信教と文学との深さを、むずかしい話にはしないで、「和顔愛語」の無垢な言行とし、しかも、詩歌と書風と共に、江戸後期、十八世紀の終りから十九世紀の始め、日本の近世の俗習を超脱、古代の高雅に通達して、現代の日本でもその書と詩歌をはなはだ貴ばれている良寛、その人の辞世が、自分は形見に残すものはなにも持たぬし、なにも残せるとは思わぬが、自分の死後も自然はなお美しい、(4)これがただ自分のこの世に残す形見になってくれるだろう、という歌であったのです。日本古来の心情がこもっているとともに、良寛の宗教の心も聞こえる歌です。

問題7
文中の空欄①～③に入る語を、それぞれ一字ずつ漢字で書いてください。〈1点〉

①（　　）　②（　　）　③（　　）

【解答】

①　花　②　月　③　雪

【解説】
自然の美しさを代表する景観として、日本人は、古来から「花鳥風月」とか、「雪月花」と呼んできました。それぞれ四季折々の代表をあてはめましょう。「花」とは普通「桜」のことです。

問題８
文中の傍線部（１）「月並み、常套、平凡、」と同じ意味の語を、文中から五字で抜き出して書いてください。（句読点を含みません。）〈１点〉

（　　　　　　　　　）

【解答】
ありきたり

【解説】
同じような場合にいつも決まって取るやり方をいいます。直後に「ありふれた」とありますが、名詞になっているものを選びます。これらの他に「陳腐」などという語もあります。

問題9

文中の傍線部（2）「日本の真髄」の具体的な内容にあたる部分を、文中から三十字以内で抜き出して書いてください。（句読点を含みます。）〈1点〉

【解答】

古来の日本人が春、夏、秋、冬に、第一に愛でる自然の景物の代表。（30字）

【解説】

直前に「連ねて重ねるうちに」とあります。前半部分に「ただ四つ無造作にならべた」とある所に、「真髄」が述べられています。このように類似表現を探していくと、答えの手がかりが見つかります。

問題10

文中の傍線部（3）「ひとり遊び」の具体的な説明として、次の「すること。」につながるように、文中から五字で抜き出して書いてください。（句読点を含みません。）
〈1点〉

（　　　　　　　　）すること。

【解答】

俗習を超脱

【解説】

この歌の上の句は、「世間の人々の仲に入らないという訳ではないが」という意味です。そこで、「ひとり遊び」は、世間から離れて一人の世界に入り、信教と文学に生き続けた良寛自身を表現した語句としては、ふさわしいでしょう。「～すること。」という要求と字数の指定にも注意してください。

問題11

文中の傍線部（4）「これ」がさす内容を、文中の語を用い、十字以内で答えてください。（句読点を含みます。）〈1点〉

（　　　　　　　　）

【解答】

自然の美しさ。（7字）

【解説】

直前に「自然はなお美しい」とあります。「これ」の指示する内容はこの部分ですから、十字以内で名詞の形で結べばよいのです。ですから「美しい自然。」でも正解です。

問題文は、川端康成『美しい日本の私——その序説——』の一節です。この文章は、一九六八（昭和四十三）年、日本人として初のノーベル文学賞を受賞した時、ストックホルムのスウェーデン・アカデミーでの記念講演の原稿です。日本の伝統的な美しさを追究し、世界に向けて日本の美をアピールしました。

川端康成（一八九九―一九七三年）は、横光利一らとともに新感覚派作家として出発し、『雪国』の名作を発表します。その後、『千羽鶴』『山の音』などの作品を発表し、また、日本ペンクラブ会長なども務めました。世界でも有名な小説家と言えるでしょう。

(2) 評論

●次の文章を読んで、後の問題に答えてください。

学生時代、好んでエドガー・ポーのものを読んでいた頃(ころ)、「メールツェルの将棋差し」という作品を翻訳して、探偵小説専門の雑誌に売った事がある。十八世紀の中頃、ハンガリーのケンプレンという男が、将棋を差す自働人形を発明し、西ヨーロッパの大都会を興行して歩き、大成功を収めた。その後、所有者は転々とし、今は、メールツェルという人の所有に帰しているが、まだ誰(だれ)も、この連（①）連（②）の人形の秘密を解いたものはない。ある時、人形の公開を見物したポーが、その秘密を看破するという話である。(1)ポーの推論は、簡単であって、およそ機械である以上、それは、数学の計算と同様に、一定の既知事項の必然的な発展には、一定の結果が避けられぬ、そういう言わば、答は最初に与えられている、孤立したシステムでなければならぬが、将棋盤の駒の動きは、一手一手、対局者の新たな判断に基づくのだから、(2)これを機械仕掛と考えるわけにはいかない。どこかに、人間が隠れているに決っている。（③）、人形が勝負を始める前、メールツェルは、人形の内部も、将棋盤を乗せた机の内部も、見物にのぞかせて、中には機械が充満し、機械のないところは、空っぽである事を証明してみせるから、半（④）半（⑤）の見物も、すっかりごまかされ、立ち替り出て行く(3)天狗(てんぐ)どもが、負かされる毎(ごと)に、大喝采(だいかっさい)という事になる。

ポーは、この機械の目標は、将棋を差す事にはなく、人間を隠す事にあるという最初の考えを飽くまでも捨てないから、内部のからくりを見せるメールツェルの手順を仔細(しさい)に観察し、その一定の手順に応じて、内部の人間が、その姿勢と位置とを適当に変えれば、外部から決して見られないでいる事は可能だという結論を、ついに引出してみせる。

問題12

文中の空欄①・②・④・⑤に入る漢字を、それぞれ一字ずつ書いてください。〈1点〉

①（　）②（　）④（　）⑤（　）

【解答】

①戦　②勝　④信　⑤疑

【解説】

後の部分に「負かされる毎に、大喝采」とありますので、将棋を差して一度も負けたことがないということです。つまり、戦うたびに勝ち続けることです。「百戦百勝」とも言います。

また、人形の内部には人間が隠れているのか、本当に機械が将棋をしているのか疑っています。

問題13

文中の傍線部（1）「ポーの推論」の要点を、文中から二十五字以上三十字以内で抜き出して書いてください。（句読点を含みます。）〈1点〉

【解答】

この機械の目的は、将棋を差す事にはなく、人間を隠す事にある。（29字）

【解説】

最後の段落で、「ポーは、…という最初の考えを飽くまでも捨てない」とあります。この「最初の考え」が、「ポーの推論」と適合していますので、あとは指定字数内で抜き出しましょう。

問題14

文中の傍線部（2）「これ」は、何をさしますか。文中から十字以内で抜き出して書いてください。（句読点を含みません。）〈1点〉

（　　　　　　　　　　）

【解答】

将棋盤の駒の動き。（8字）

【解説】

「これ」のあとの「機械仕掛」は、人形が将棋を差す動きのことです。指定字数内で、直前から探しましょう。

問題15

文中の空欄③に入る語を、次のア～オの中から一つ選んで、記号で答えてください。

〈1点〉

ア　では　イ　すなわち　ウ　それから　エ　だが　オ　そして

（　　）

【解答】

エ

【解説】

直前に「人間が隠れているに決っている」とあり、直後には「中には機械が充満し…証明してみせる」とあります。この前後関係を比較すると、反対の内容で結ばれていることがわかりますので、逆接の接続詞となります。

問題16

文中の傍線部（3）「天狗ども」とは、どのような人たちですか。文中の語句を用い、十五字以内で簡潔に答えてください。（句読点を含みます。）〈1点〉

【解答】

将棋の腕に自信のある人たち。（14字）

【解説】

「天狗になる」という慣用句は、天狗は鼻が高いところから、自分の得意な所を人に自慢するという意味で用いられます。したがって、文脈から「将棋の腕」を自慢すること

ましょう。

がわかります。「～ども」から、そういう人たちのことですから、指定字数内でまとめ

問題文は、小林秀雄『考えるヒント』の中の「常識」の一節です。

『考えるヒント』は、従来の文芸評論の域を越え、絶えざる自己省察と人間探究の内部にまで踏み込んだ点で、評論を創造にまで高めたと言われています。この近代批評の確立ばかりでなく、「常識」の中にそれを生かしたところに、この作品の深みが感じられます。この短編をはじめ、文章は音楽・絵画・哲学など多岐にわたっています。

小林秀雄（一九〇二―一九八三年）は、一九二九年、『様々なる意匠』で文壇にデビューし、プロレタリア文学への批判的立場に立った評論活動を展開しました。特に『本居宣長』は、晩年の作品の中で、近代評論の記念碑的労作と言われています。

●次の文章を読んで、後の問題に答えてください。

維摩経（ゆいまぎょう）に、(1)無相を以（もっ）て相と為（な）すという言葉がある。名称はあくまでかりそめのものにすぎまい。人間の分別と、それによる限定はすべ虚妄ではないか。この疑いを三千年の人類史に対して起してみるとよい。人類史については、精密そうにみえる時代的区分が試みられ、しかも「進歩」という。これもまた一の虚妄の観念によって支えられているが、このすべてを撤去してみよ。人類は進歩するとは、今世紀の最大な迷信である。人類は何に対して進歩したのか。今こそ疑ってみる必要がある。

敗戦後の日本は、みずからを後進国として認めた。私もまたそれを承認しよう。しかし何に対して後進国なのか。その基準について人は明確な認識をもっているだろうか。共産主義者はソ聯（れん）をもって世界第一の先進国となすであろう。近代知性の愛好者はフランスに(2)□をとるかもしれない。また古代より中世が、中世より近代が、東洋より西洋が、先進的であると思っている人も少くない。明確そうにみえる時代的区分と、物質文明の進度を念頭におけば、歴史の川はたしかに前進しているごとく思われる。ところで、この川の中へ、一つの別種の観念を投じてみよう。「幸福」という観念を。すると川は忽（たちま）ち濁って、「幸福」という観念はどこにも定着せず（①）散（②）消してしまうのである。

虚妄の分別に惑わされてはならぬ。人類は我々の意識において、わずかに三千年の歴史を経たにすぎないことを、つねに念願におくべきだ。数万年にわたる有史以前、知られざる美しい国土があったかもしれない。嘗(かつ)てアトランティス、バビロン等、それ自身として完成された幾多の世界が存在した筈(はず)だ。これが夢だというならば、現在する諸国家もまた夢にちがいない。わずか三千年をことこまかく分類して、人類の進歩を云々(うんぬん)するなど笑うべきことではないか。

根幹を成す精神はわずかなもんだ。東洋においては、仏陀(ぶっだ)の教、老子と孔孟(こうもう)の哲理、おのずから或(あるい)はみやびとして開花した美の理念。西洋においては、古典ギリシャの精神。キリストの教、ローマ法。様々のヴァリエーションはあろうが、要するにこれだけが優劣比較を絶した道として貫いている。そこに帰るべき理想と原理がある。しかも万人に差別なく与えられているのだ。仏陀の構想せる「浄土」、キリストの説ける「神の国」、或はオリムポスの美の荘厳、それらはいまどこにある。それを保存しそれを具現しているいかなる国が現代にある。この根本に想到し、基準をこゝに求むるとき、(3)後進国ならざる国は一つもない。(4)世界を通して、各々が第一義とすべき根幹の精神から遠ざかってから久しい。近代文明の名において人類は徹底的に追放された。人類の黄昏(たそがれ)が来たのだ。

私は最も切実な生命の問題に即して言う。近代文明は、人がみずから手を下すことなく、みずから良心の痛みを感ずることなくして、他を殺しうるような精妙な機械の発達に落着したと。悲惨と恐怖の裡に何を夢みているのか。この切迫裡に何を求めているのか。敗戦日本の一部文化人が「サルトル」にとびついたことは、たしかに後進国のみじめさの証明となろう。

問題17

文中の傍線部（1）「無相を以て相と為す」の内容としてあてはまるものを、次のア〜オの中から一つ選んで、記号で答えてください。〈1点〉

ア　人間の分別と、人間の分別による限定は、すべて虚妄ではないこと。

イ　三千年の人類史については、精密な時代的区別が試みられていないこと。

ウ　人類は進歩しないということが、一の虚妄の観念によって支えられていること。

エ　三千年の人類史について、人類は進歩するということを、疑ってみる必要があること。

オ　無相を以て相と為すという言葉が、あくまでかりそめのものにすぎないこと。

（　　　　）

【解答】

エ

【解説】

「相」とは、内面の姿が外に現れた形のことを言います。「無相」、すなわち目に見えないものを疑ってみるところから、真実が見えてくることもあります。また、それを取り去ったところに何かが残る場合もあるでしょう。第一段落の最後の「今こそ疑ってみる」という部分から、「進歩」とは何だったのか疑ってみるべきだと言うのです。

問題18

文中の傍線部（2）「□をとる」について、「手本とする。」という意味になるように、□に入る語を漢字一字で書いてください。〈1点〉

（　　　　）

【解答】
範
【解説】
手本とすることを「範をとる」と言います。近代哲学は、フランスを中心に発達し、他国がそれを模範として学び、愛好したのです。

問題19
文中の空欄①・②に入る漢字を、それぞれ一字ずつ書いて、四字熟語を完成させてください。〈2点〉
①（　　）②（　　）

【解答】
①雲　②霧
【解説】
跡形もなく消えてしまうことです。今までの考え方を見方を変えてみると、全く違ったものに見え、従来の考え方が全く無くなってしまうことを表しています。西洋の方が東洋よりも幸福なのでしょうか。別の角度から考え直してみると、面白いことに気づくものです。

問題20

文中の傍線部（3）「後進国ならざる国は一つもない。」の理由としてあてはまらないものを、次のア～オの中から一つ選んで、記号で答えてください。〈1点〉

ア　人類の根幹を成す精神は、近代文明の名において、精密な機械の発達に落着したから。

イ　現在する諸国家は、人類の根幹を成す精神から、遠ざかってしまったから。

ウ　人類が進歩するというのは、虚妄の観念であり、人類は、三千年の歴史を経たにすぎないから。

エ　現在する諸国家は、仏陀の教、老子と孔孟の哲理、古典ギリシャの精神、キリストの教、ローマ法等を、保存したり、具現したりしていないから。

オ　人類は、近代文明の名において、徹底的に追放され、人類の黄昏が来たと言えるから。

（　　　）

【解答】

ア

【解説】

「後進国でない国は一つもない。」つまり、「どの国もみな後進国である。」ということです。私たち人類は、生命を礎に理想や原理、そして、根幹とする精神を具現するため、近代文明を築いてきたのです。ところが、精密機械の発達によって人類の殺戮をもたらした所に近代文明の悲惨さがあるのです。人類根幹の精神は、昔は旺盛だったのに、近代文明によってそれが追放されてしまっている所に悲哀を感じているのです。

「あてはまらないもの」という出題に注意して、本文と選択肢を読み直してみましょう。

問題21

文中の傍線部（4）「世界を通して、各々が第一義とすべき根幹の精神」に共通する内容を、文中から十字以内で抜き出して書いてください。（句読点等を含みます。）
〈1点〉
（　　　　　　　　　　　）

【解答】
「幸福」という観念。（9字）

【解説】
人類が求めている基本精神は、生命の幸福です。私たちは、進歩の代償として生命を脅かす機械を作りました。それを進歩と言えるのでしょうか。そこに幸福はあるのでしょうか。

第一段落に「人類は進歩するとは今世紀の最大な迷信である」と述べています。つまり根幹の精神である「幸福」は、反対に失われてしまったのです。ですから、「根幹の精神」は、「幸福」なのです。

筆者の心の嘆きが伝わってくるでしょう。

問題文は、亀井勝一郎『我が精神の遍歴』の「第二章戦争と自己　六　漂える民」の一節です。

『我が精神の遍歴』は、一九五四（昭二十九）年に発表されました。「進歩」という概念について、一般的に私たちの価値観を変える視点でとらえています。私たちが考える「進歩」や「幸福」は、あくまで物質的なものではなく、精神的な部分から考えれば、近代文明は、貧しく、後退していると考えています。人類の中でこの精神を早くとりもどすことなしに、真の幸福はやってこないのです。近代文明は、機械の発達などではかるものではありません。それを私たち人類は気づかなければいけないのです。

亀井勝一郎（一九〇七―一九六六年）は、若い時は共産主義に傾倒し、投獄されたりしました。傷ついた自我を再生すべく、古寺巡りで大和を訪ね、その見聞を『大和古寺風物誌』にまとめました。文学よりも宗教的立場からの批判を試み、日本人の精神史を綿密に追究しました。

●次の文章を読んで、後の問題に答えてください。

もし日本座敷を一つの墨絵にたとえるなら、障子は墨色の最も淡い部分であり、（①）は最も濃い部分である。わたしは、数寄を凝らした日本座敷の床の間を見るごとに、いかに日本人が陰翳の秘密を理解し、(1)光と陰との使い分けに巧妙であるかに感嘆する。なぜなら、そこにはこれという特別なしつらえがあるのではない。要するにただ（②）な木材と（②）な壁とをもって一つの凹んだ空間を仕切り、そこへ引き入れられた光線が凹みのここかしこへ朦朧たる隈を生むようにする。にもかかわらず、我らは落とし懸けの後ろや、花生けの周囲や、違い棚の下などを埋めているやみを眺めて、(2)それがなんでもない陰であることを知りながらも、そこの空気だけがシーンと沈み切っているような、(3)永劫不変の（③）がその暗がりを領しているような感銘を受ける。思うに西洋人の言う「東洋の（④）」とは、かくのごとき暗がりが持つ不気味な静かさを指すのであろう。我らといえども少年のころは、日の目の届かぬ茶の間や書院の床の間の奥を見つめると、言い知れぬ恐れと寒けを覚えたものである。しかもその（④）の鍵はどこにあるのか。種明かしをすれば、(4)畢竟それは陰翳の魔法であって、もし隅々に作られている陰を追いのけてしまったら、忽焉としてその床の間はただの空白に帰するのである。我らの祖先の天才は、（ ⑤ ）の空間を任意に遮蔽(しゃへい)しておのずから生ずる陰翳の世界に、いかなる壁画や装飾にも勝る（ ⑥ ）味を持たせたのである。

問題22
文章中の空欄①に入る語を、文章中の他の部分から三字で抜き出して書いてください。（句読点を含みません。）〈1点〉

（　　　　）

【解答】
床の間

【解説】
問題文に於(お)ける主題は、日本座敷の床の間の、陰翳（かげのこと。）の作用による美です。その日本座敷を墨絵に喩(たと)えるならば、明かり取りである「障子」が墨色の最も淡い部分であるのに対して、最も濃い部分は暗がりである「床の間」でしょう。字数制限にも注意しましょう。

問題23

文章中の傍線部（１）「光と陰との使い分け」と同じ意味で用いられている語を、文章中の他の部分から五字で抜き出して書いてください。（句読点を含みません。）〈１点〉

（　　　　　）

【解答】

陰翳の魔法

【解説】

字数制限に注意して、問題文中から置き換えられる語を探してみましょう。日本座敷の床の間の美は、日本人の巧妙な「光と陰との使い分け」つまり「陰翳の魔法」の作用によるものです。問題文全体の主題からも考えてみましょう。

問題24

文章中の空欄②〜⑥に入る語を、次の語群からそれぞれ一つずつ選んで、漢字に直して書いてください。（同じものは二度使用できません。）〈５点〉

②（　　）③（　　）④（　　）⑤（　　）⑥（　　）

シンピ　セイソ　カンジャク　キョム　ユウゲン

【解答】

② 清楚　③ 閑寂　④ 神秘　⑤ 虚無　⑥ 幽玄

【解説】

②「――な木材」、「――な壁」から考えましょう。「清楚」とは、さっぱりとして美しいことです。「楚」は常用漢字外ですが、おぼえたいものです。

③ 直前の「シーンと沈み切っている」から考えましょう。「閑寂」とは、ひっそりと静かなことです。

④「東洋の神秘」とは、西洋でよく言われることです。

⑤ 直前の「空白」や、直後の「空間」から考えましょう。「虚無」とは、何も無く空(むな)しいことです。

⑥「――味」から考えましょう。「幽玄」とは、言葉に表わせない奥深い趣、余情のことで、（中世の）日本の芸術の重要な理念です。

問題25

文章中の傍線部（２）「それ」がさす部分を、文章中から過不足無く抜き出して、その最初と最後の五字ずつを書いてください。（句読点を含みます。）〈１点〉

最初（　　　　　）～最後（　　　　　）

【解答】

最初……落とし懸け～最後……ているやみ

【解説】

指示語の問題です。指示語のさす内容は、基本的には直前から探しましょう。「落とし懸けの後ろや、花生けの周囲や、違い棚の下などを埋めているやみ」をさします。過不足無く抜き出しましょう。

問題26

文章中の傍線部（３）「永劫不変」・（４）「畢竟」の意味として最も適切なものを、それぞれ次のア～エの中から一つずつ選んで、記号で答えてください。〈２点〉

（3）　ア　今も昔も変わらないこと。　イ　少しも変わらないこと。
　　　ウ　いつまでも変わらないこと。　エ　すべて。同じであること。

（4）　ア　最初に。　イ　つまりは。
　　　ウ　考えてみれば。　エ　事実上は。

【解答】
（3）ウ　（4）イ

【解説】
（3）「永却不変」とは、きわめて長い時間つまりいつまでも変わらないことです。
（4）「畢竟」とは、ついには、最終的には、結局、つまりという意味です。

問題文は、谷崎潤一郎（たにざきじゅんいちろう）の『陰翳礼讃（いんえいらいさん）』の一節です。

『陰翳礼讃』は、一九三三（昭和八）年から一九三四（昭和九）年にかけて「経済往来」に発表された評論文で、日本の伝統美はすべて物体と物体とが作り出す陰翳（明暗）

にあるという見解を示しています。日本の伝統美を感性を通してとらえた評論文であり、昭和初年代の谷崎文学の思考の基盤を明かした長篇随筆でもあります。

問題文では、日本座敷の床の間の美は、陰翳の作用によるものであると説いてます。筆者の谷崎潤一郎（一八八六―一九六五年）は、東京都生まれの小説家です。完成された文体と都会的な洗練された作風で、前期には耽美派（たんびは）の第一人者として活躍しましたが、後期には西洋趣味から日本の古典美に傾倒した作品を発表しました。一九四九（昭和二十四）年には、文化勲章を受章しました。『刺青』、『痴人の愛』、『蓼喰ふ虫（たでくふむし）』、『春琴抄』、『細雪（ささめゆき）』、『少将滋幹（しげもと）の母』、『鍵（かぎ）』などの作品があり、また、現代語訳に『源氏物語』があります。

(3)　論文

●次の文章を読んで、後の問題に答えてください。

反省は常に行動を予想する。何らかの行動のないところに真の反省はない。(1)それは停滞とくり返しに過ぎない。鏡が鏡をうつす無限の反省ではない。思考の原初的形態は人間がその行動において何かの障害物にぶつかった場合の反作用である。思う事ことごとく行われるものは決して考えない。最も考え深い人はその生活において多くの障害にぶつかってきた人である。自己を知る努力が単なる反省に止まるならば、それは決して真に自己を知る所以とならないのはその故である。孔子やプラトンの知恵は、かれらが元来政治にその志をもち、そのために幾多の困苦を忍びながら遂にその志の破れた所に由来している。かれらが単なる反省家でなく、実行家であったところにかれらの知恵があるのだ。しかしかれらは単なる実行家ではなかった。かれらは理想家であり、多くの実行家のようにその実行のために（①）を（②）に屈服させなかった。

問題27

文章中の傍線部（1）「それ」は何をさしますか。文章中の言葉を用いて、十字以内で答えてください。（句読点を含みません）〈1点〉

（　　　　　　　　　　　）

【解答】

行動を伴わない反省

【解説】

指示語の問題です。指示語のさす内容は、基本的には直前から探しましょう。「何らかの行動のないところ」に注目し、「ところ」が何をさすかを考えて、答えを導き出しましょう。字数制限に合うようにまとめてみて下さい。

問題28

文章中の傍線部（２）「何かの障害にぶつかった場合の反作用」と同じ内容の箇所を文章中から見つけ出し、その最初と最後の五字ずつを、抜き出して書いてください。（句読点を含みます）〈１点〉

（　　　　　）～（　　　　　）

【解答】

最初　幾多の困苦　～　最後　の破れた所

【解説】

「障害」という言葉に注目して、「障害にぶつかってきた人」から「孔子やプラトン」の行動に目を向けます。すると「困苦」という「障害」に代わる言葉が見つかります。傍線部と照らし合わせながら答えを導きましょう。

問題29

文章中の傍線部（3）「所以」の意味として最も適切なものを、次のア〜ウの中から選んで、記号で答えてください。〈1点〉

ア　手段　イ　理由　ウ　場所

（　）

【解答】

イ

【解説】

漢文では「理由」「手段」「〜するところのもの」といった意味がありますが、現代文では「理由」「わけ」「いわれ」という意味になります。故ニナリの音便形「ユエンナリ」に起因する語なので、このような意味を持ちます。「ゆえん」という読みにも気をつけて下さい。

問題30
文章中の空欄①・②には対義語が入ります。適語を入れて論旨が通るようにしてください。〈2点〉

①（　　）　②（　　）

【解答】

①　理想　②　現実

【解説】

直前の「かれらは理想家であり」に着目して対義語のひとつと考え、論旨に合うように①・②を決めましょう。

問題31

本文の要旨を最もよくあらわしている一文を、文章中から抜き出して書いてください。（句読点を含みます）〈1点〉

（　　　　　　　　）

【解答】

反省は常に行動を予想する。

【解説】

問題文の主題は、「反省は行動を伴って初めて価値がある」ことであり、それは文章の前半部分に書かれています。その中から「要旨を最もよくあらわしている」端的な表現を探しましょう。

問題文は、谷川徹三の『感傷と反省』の一節で、一九二五（大正十四）年に刊行された、谷川の第一論文集です。

問題文では、行動を伴って初めて反省の価値があることを主題として述べ、それを実践した具体例として、孔子やプラトンを挙げています。

筆者の谷川徹三（一八九五――一九八九年）は、愛知県生まれの評論家です。高校時代に『歎異抄』の影響を受けて「人生の否定」から「肯定」に転じ、ホイットマンやゲーテを読んで思索を深め、東西文明の広い視野から芸術・社会・文化などの各方面にわたる批評活動を展開しました。『生活・哲学・芸術』、『東洋と西洋』、『茶の美学』等の著書があります。

●次の文章を読んで、後の問題に答えてください。

中谷（なかや）さんの論理の運び方はこうである。

地球が円いということは今日では常識であって小学生でも知っている。もっとも地球が完全な球体であるというのは本当は間違いで、第一に地球の表面にはヒマラヤの山もあれば、日本海溝もあるので、詳しく言えば凹凸がある。（①）、中学生くらいならば地球はそれらの凹凸を平均してもやはり完全に円くはなく、南北方向に縮んだ楕円形（だえんけい）

になっていることを常識として知っているだろう。理科方面の大学生、更には専門の学者になると、地球の複雑な形について、学問的にいっそう正確な規定を与えるに違いない。地球についての専門的な知識が進むにつれて、地球の形は、いよいよ完全な球から離れる。だが、と中谷さんは言う——「これらのいろいろの説明の中で、いちばん真に近いのは、結局小学生の答えであって、(1)地球は完全に円い球であると思うのが、一般の人々にとってはいちばん本当なのである。」と。

なぜか。エベレストの高さは海抜八・九キロ、海のいちばん深い所と言われるエムデン海溝が一〇・八キロの深さであるから、現在知られている地球上の凹凸の差の極限は一九・七キロにすぎない。他方、地球が楕円形になっている程度も案外少ないので、赤道面内の半径より南北の半径が約二一キロ短いだけである。今、直径六センチの円をコンパスで描くとすれば、地球の直径一万三千キロを六センチに縮尺したことになるわけだから、線の幅〇・二ミリは四四キロに相当する。地球の凹凸や円からの離れを示すさきの数値は線の幅のたかだか半分にすぎない。地球の形の図示を計るかぎり、（②）幅をもった線という(2)概念矛盾ながら必要にして有効な手段で表示するかぎり、(3)それは、コンパスの円に一致する。すなわち小学生の答えが本当に近いということになってしまう。

問題32

文章中の空欄①に入る語を、次のア〜オの中から一つ選んで、記号で答えてください。〈1点〉

ア つまり　イ だから　ウ しかし　エ なぜなら　オ それに

（　　）

【解答】

オ

【解説】

接続語の問題です。前後の文脈から考えて、添加（累加。つけ加え。）のつなぎ言葉が入ります。

問題33

文章中の傍線部（1）「地球は完全に円い球であると思うのが、一般の人々にとってはいちばん本当なのである。」の理由が端的に記されている一文を文章中から抜き出

して、その最初の五字を書いてください。(句読点を含みません。)〈1点〉

(　　　　)

【解答】

地球の形の

【解説】

「なぜか。」で始まる、問題文の三段落目から探しましょう。この段落の中で、縮尺という必要にして有効な手段で地球の形を図示すると、それは、楕円形ではなく、コンパスの円に一致するという説明が端的に記されているのが、この文です。「一文」とは、「書き出し」から「。」までです。

問題34

文章中の空欄②に入る語を、次のア〜オの中から一つ選んで、記号で答えてください。〈1点〉

ア　つまり　　イ　だから　　ウ　しかし　　エ　なぜなら　　オ　それに

【解答】
ア
【解説】
接続語の問題です。前後の文脈から考えて、換言（言い換え。）のつなぎ言葉が入ります。

問題35
文章中の傍線部（2）「概念矛盾ながら必要にして有効な手段」の具体的な内容としてあてはまるものを、次のア～オの中から一つ選んで、記号で答えてください。〈1点〉
ア　学問的に正確に言えば、地球の形は楕円形であるが、それを完全に円い球形であると説明することが、必要にして有効な手段であること。
イ　地球の直径は、一万三千キロもあるが、それをわずか六センチに縮尺して地球の形を図示することが、必要にして有効な手段であること。
ウ　地球の形は完全に円い球形であるというのが、最も真に近い説明であるが、それを学問的に楕円形であると説明することが、必要にして有効な手段であること。
エ　地球の形を縮尺して図示するのにコンパスで描くと、線の幅は〇・二ミリになるが、それを四四キロに相当すると考えることが、必要にして有効な手段であること。

オ　地球の形を縮尺して図示することが、学問的に正確な説明とは言えないが、それは、一般的には必要にして有効な手段であること。

【解答】

オ

【解説】

「概念矛盾」とは、ここでは、数学では問題にしないコンパスで描いた線の幅を認め、その中に地球の凹凸や円からの離れの縮尺した数値が含まれると考えることです。また、直径一万三千キロもある地球を縮尺して図示することは、一般的に必要にして有効な手段です。

問題36

文章中の傍線部（3）「それ」がさすものを、文章中から四字で抜き出して書いてく

ださい。（句読点を含みません。）〈1点〉

（　　　　　）

【解答】

地球の形

【解説】

指示語の問題です。指示語のさす内容は、基本的には直前から探しましょう。縮尺して表示すると「コンパスの円に一致する」のは、「地球の形」です。字数制限にも注意しましょう。

問題文は、内田義彦（うちだよしひこ）の『学問への散策』の一節です。『学問への散策』は、一九七四（昭和四十九）年に刊行されました。また、問題文は、「正確さということ」という題名で、一九七三（昭和四十八）年に、「毎日新聞」に発表された論説文の一説です。

問題文では、中谷宇吉郎（一九〇〇―一九六二年。物理学者・随筆家。）の随筆集、『続冬の華』（一九四〇年刊。）の中の、「地球の円い話」について、本来学問的に正しい事実であっても、その受け取り方を間違えると、物事の本質を誤る危険を蔵しているという啓蒙を受けたことが、述べられています。

中谷宇吉郎の論理は、地表には凹凸があり、学問的には正確に規定すれば楕円形である地球の形について、縮尺という必要にして有効な手段で図示すれば、完全に円い球形であると説明するのが真に近い、というものです。地球が完全な球形ではないという真理を鵜呑みにして、地球の形について間違った像を描いていた筆者は、これを読んで、衝撃を受けたと書かれています。

筆者の内田義彦（一九一三―一九八九年）は、愛知県生まれで、経済学史・社会思想史の領域に於ける代表的な経済学者ですが、文学・国語・演劇・教育等の緒領域に於いても、重要な提言をしました。『経済学史講義』、『日本資本主義の思想像』、『社会認識の歩み』等の著書があります。

第6章

表現力を身につけよう！

(1) 文章表現（作文・論文・小説・随筆）

問題1

次の各文は「文章表現」の手順について述べたものです。順序よく並べかえてください。〈1点〉

① 表現の中心点・対象者の興味関心・字数制限等の題材を選択する。
② 題名・書き出し・段落決め・書き終わりに工夫を凝らし書き出す。
③ 見る・聞く・読む・する・尋ねる・考える等によって、題材を集める。
④ 主題を決定し、構成を考え、アウトラインをつくる。
⑤ 自分の述べたいことが適切に表現されているか推敲し、清書する。

（ ）→（ ）→（ ）→（ ）→（ ）

【解答】

（③）→（①）→（④）→（②）→（⑤）

【解説】

③日常生活の中でたえず材料を集め、話題を豊富にしておくことが大切です。
①多くの題材から、興味・関心があり、分量的にも適当なものを選びます。
④そして、この題材で自分が述べたいと思っていることを一文でまとめてみます。
②いよいよ書き始めることになりますが、最初に題名を決めます。
⑤自分が述べたいことが正しく伝わるように適切な表現がされているか、と考えながら繰り返し読んでみます。そして、推敲したものを写し違いのないように、ていねいに書きます。

問題２

次の各文は文章の構成の型について述べたものです。どの型について述べたものですか。後のア～カの中から選んで記号で答えてください。〈５点〉

①冒頭に結論または仮説をおき、個々の問題について論じ、最後に結論や仮説の適否を導き、まとめとする。
②漢詩の絶句にならった構成で、四つの部分から成り立つ。
③個々の問題の説明に始まり、そこから帰納的に結論を導き出す。

④　B＝C、A＝B、よってA＝Cのように論理を展開する。

⑤　評論では「序論・本論・結論」、小説では「序・破・急」の三つの部分からなる。最も基本的な構成。

ア　序・本文・結び型　イ　起承転結型　ウ　本論・結論型（尾括型）

エ　結論・本論・結論型（双括型）　オ　三段論法型　カ　結論・本論型（頭括型）

①（　）②（　）③（　）④（　）⑤（　）

【解答】

①エ　②イ　③ウ　④オ　⑤ア

【解説】

①　頭括式と尾括式を組み合わせたもので、最初に主題や結論を示し、次に説明や例証・具体例などを挙げ、最後にもう一度主題や結論を示して締めくくる方法です。論説文や評論文に多く用いられます。

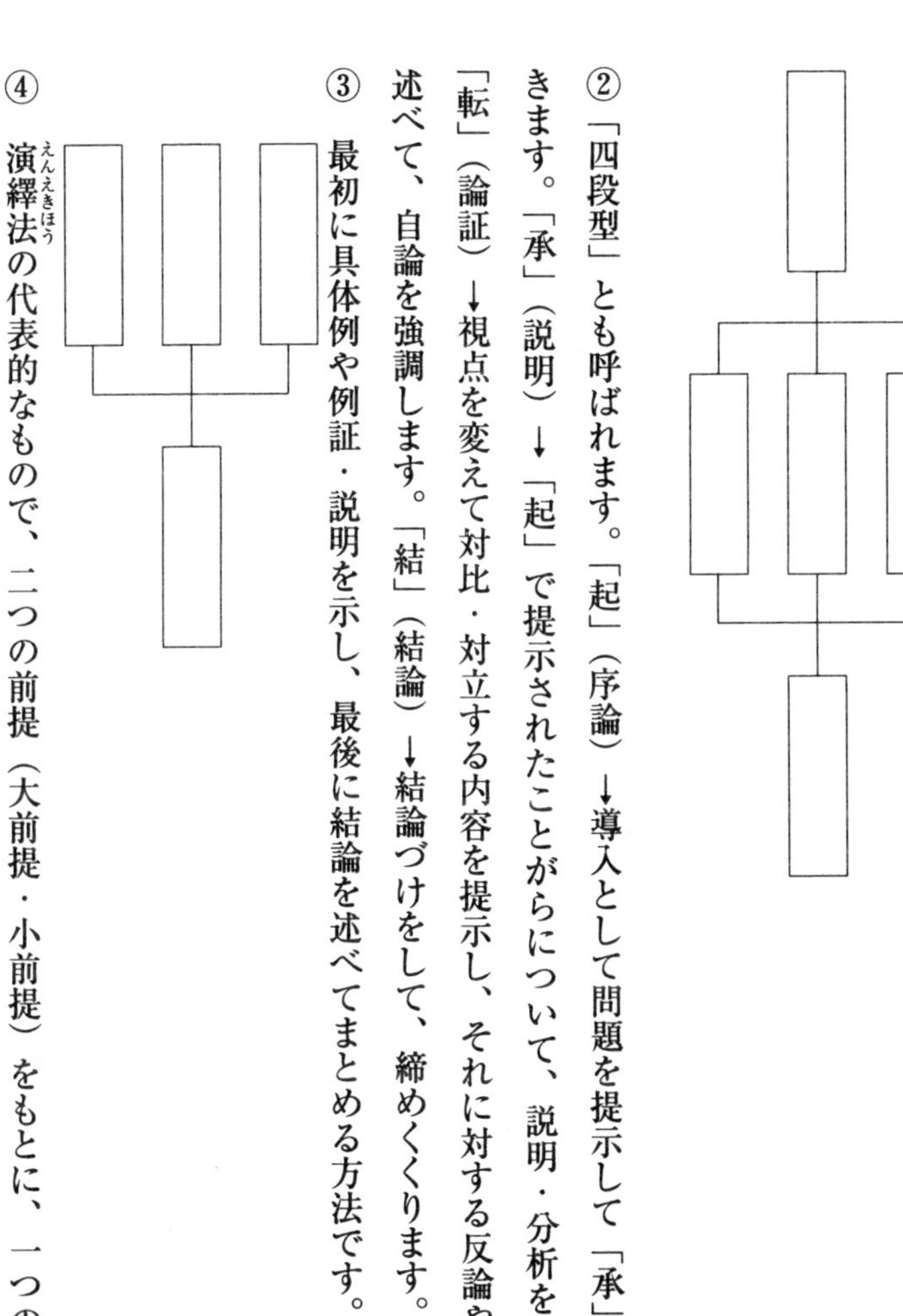

②「四段型」とも呼ばれます。「起」（序論）↓導入として問題を提示して「承」へと導きます。「承」（説明）↓「起」で提示されたことがらについて、説明・分析をします。「転」（論証）↓視点を変えて対比・対立する内容を提示し、それに対する反論や対策を述べて、自論を強調します。「結」（結論）↓結論づけをして、締めくくります。

③最初に具体例や例証・説明を示し、最後に結論を述べてまとめる方法です。

④演繹法（えんえきほう）の代表的なもので、二つの前提（大前提・小前提）をもとに、一つの結論を

導きだす方法です。

・落葉樹は年に一度、葉が枯れて落ちる。（大前提）

・カエデは落葉樹である。（小前提）

↓

・カエデの葉は年に一度、枯れて落ちる。（結論）

⑤「初め・中・終わり」ともいわれます。

問題3

次の各文は「文章構成の型・論証の方法」について述べたものです。何の説明ですか。後のア〜キから選んで記号で答えてください。〈5点〉

① 能楽の形式を文章に適用したもの。

② 漢詩の絶句の作法による構成法。

③ 二つの対立する考えを止揚し、高次元で統一する考えを導く方法。

④ 一般的普遍的原理から個々の特殊的事実を推論する方法。

⑤ 劇や短編小説などのドラマティックな構成法。

ア　帰納法　イ　序破急　ウ　演繹法　エ　起承転結
オ　弁証法　カ　ソナタ形式　キ　問題解決法
①（　　）②（　　）③（　　）④（　　）⑤（　　）

【解答】
①イ　②エ　③オ　④ウ　⑤カ

【解説】
①　発端↓やま場↓結末という劇的形式のことです。
②　書き起こし↓承けて展開↓一転して変化↓全体のまとめ。
③ 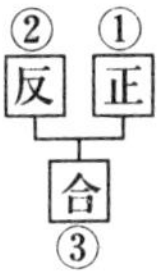　①正　②反　→　合③　の型をとる方法。①「科学の発達は人類の生活を豊かにした。」②「しかし、一方では自然は破壊された。」③「科学は、人類と自然との共生と、文明の発展に寄与すべきだ。」
④ 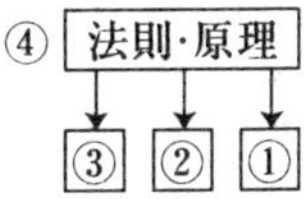　④法則・原理　→　①　②　③　の型をとる方法。④「人は出会えば、いつか必ず別れる。」①「親友の○○君ともいつか別れる日がくるだろう。」②「先生とも別れるだろう。」③

「両親との別れもいずれ訪れる。」

⑤ ゆるやかなテンポで始まる→主題を提示する。→主題を展開する。→提示された主題を反復・再現する。→短く終結する。

問題4

次の各文の傍線部の修辞の種類を後のア～オから選んで記号で答えてください。〈5点〉

① ペンは剣よりも強し。（　）

② その時私は気づいた。だまされたのだ、と。（　）

③ 急がば回れ。（　）

④ 高層ビルが、雲をついてそびえ立っている。（　）

⑤ 初めての海外旅行で災難にあうとは、まったく運がいいものだ。（　）

ア 逆説法　イ 倒置法　ウ 誇張法　エ 反語法　オ 象徴法

【解答】

① オ　② イ　③ ア　④ ウ　⑤ エ

【解説】

文章を修飾して巧みに表現することを「修辞」といいます。

①は感覚に訴えるようなものや身近なものによって、抽象的・観念的な事柄を表現するもので「象徴法」といいます。

②　叙述の順序を入れ替えて、強調する表現で「倒置法」といいます。

③　一見真理に反するようで、実は真理にかなっている表現で「逆説法」。「パラドックス」ともいいます。

④　物事を極端に大きく、あるいは小さく述べる方法で「誇張法」といいます。

⑤はあるものの真の姿や性質を逆に表現することで、本来の姿・性質を強調したり、皮肉を表したりする表現法で「反語法」といいます。

問題5

次の各文は文体の特徴について述べたものです。どの文体について述べたものですか。後のア〜オの中から選んで記号で答えてください。〈５点〉

①　漢文を書き下したような文体。明治時代の評論に多い。（　　）

② 純粋な大和言葉のみを用いた文体。（　　　）

③ 平安後期から中世にかけて発達した、①と②の混ざった文体。（　　　）

④ 公用文や書簡文として現代まで用いられた。（　　　）

⑤ 書き言葉を話し言葉に一致させようとしたもの。（　　　）

ア　和文体　イ　漢文訓読体　ウ　候文体

エ　和漢混合文体　オ　言文一致体

【解答】

①イ　②ア　③エ　④ウ　⑤オ

【解説】

① 例えば「天は人の上に人を造らず、人の下に人を造らずと言へり。」（福沢諭吉『学問ノススメ』）のような文体のことです。

② 近代では雅文体（がぶん）・擬古文体（ぎこぶん）ともいいます。「大空に漂ふ白雲（しらくも）の一つあり、童（わらべ）、丘にのぼり、松の小かげに横たはりて、ひたすらこれを眺（なが）めゐたりしが……」（国木田独歩『丘の白雲』）のような文体のことです。

③「西国の御幸に一旦の凌辱を忍ばせ給はむや。生死もわかぬ別れ路に……（高山樗牛『平家雑感』）のような文体のことです。

④「冠省　御薬並びに御短尺ありがたく存じ奉り候。」（芥川龍之介『斎藤茂吉あての手紙』）のような文体のことです。

⑤ 口語文体のはしりといえる文体のことで、二葉亭四迷・山田美妙らが推進しました。例えとして「鳩が幾羽ともなく……フト柱をたてたやうに舞ひ昇ッて、さてパッと一斉に野面に散ッた——ア、秋だ！」（二葉亭四迷『あひびき』）のような文体のことです。

問題6

次の文章は「感想文」の書き方について述べたものです。（　　）内に入る語をア〜オから選んで記号で答えてください。〈5点〉

良書を選ぶ基準としては、興味、関心のあるもの・問題意識に適しているもの・自己の（①）に適したものから選びます。書物を読む姿勢としては、自分を没却する、自分の思想に対決する作者の指示する主題・課題・（②）に迫る、自分の人生上の糧・課題を発見するというような気持ちで読むことです。

読後の整理としては、感動したこと、（③）させられたことを中心にメモをとります。そして、感想文を書く上では（④）にふさわしい文章構成を考えます。書き終えた感想文は（⑤）を十分にすることが大切です。

ア 考え　イ 推敲　ウ 経験　エ 能力　オ 感動

①（　　）②（　　）③（　　）④（　　）⑤（　　）

【解答】

① エ　② ウ　③ ア　④ オ　⑤ イ

【解説】

① 価値のある本であり、しかも自分の能力・興味関心・問題意識に適した本を選びます。

② 体あたりで書物にぶつかることです。特に、作者の提示する主題・課題・経験に鋭く迫ることが大切です。

③ 感動したこと・考えさせられたことを整理します。

④ 感動にふさわしい文章構成を考えます。

⑤ 自分らしいとらえ方がよく表現されているかを中心に推敲することです。

問題7

次の各文は「論説文」の技法について述べたものです。それぞれ何についての説明ですか。後のア～オの中から選んで記号で答えてください。〈5点〉

① 三段構成を基本とし、主題文の位置について工夫を凝らす。
② 裏付けし、原理に当てはめ一般的意見・権威言説により証明する。
③ 課題に対して思いつくことを列挙し、関係深いものを組み合わせる。
④ 一文は五十字以内とし、句読点・漢字の量を考えて書く。
⑤ 題目・字数制限・作成時間に制限があり、明確である。

ア 論証方法　イ アウトライン　ウ 文章表記
エ 課題条件　オ ブレーンストーミング

①（　）②（　）③（　）④（　）⑤（　）

【解答】

① イ　② ア　③ オ　④ ウ　⑤ エ

【解説】

①　主題文をどこに置くか工夫します。
②　説得力を高めるためには、確かな論証の方法を用いることが大切です。
③　課題について、思いつくことを列挙し、関連のあるものごとにグルーピング（組み合わせ）をします。
④　一文の長さは、三十字～四十字程度が適当で、句読点、漢字に留意しましょう。
⑤　論説文は、課題が決まっているのが一般的です。字数や制作時間にも制限がある場合があります。

問題8
次の各文の傍線部の比喩表現の種類を、後のア～オから選んで記号で答えてください。〈5点〉
①　彼女の眼は夕闇の波間に浮かぶ、妖（あや）しく美しい夜光虫であった。（川端康成『雪国』）
②　ガラス戸は、ガタガタと音を立てた。
彼は、草原に続く道をスタスタと歩いて行った。

③　高度成長行進曲にうつつを抜かした請求書が、やはり忘れずに回ってきた。
（『天声人語』）

④　時雨がささやく。木枯らしが叫ぶ。（国木田独歩『武蔵野』）

⑤　紅葉のような赤ん坊の手。

ア　隠喩（暗喩）　イ　提喩　ウ　直喩（明喩）
エ　擬人法　オ　声喩（擬声語、擬態語）

①（　　）②（　　）③（　　）④（　　）⑤（　　）

【解答】

①ア　②オ　③イ　④エ　⑤ウ

【解説】

文章の修辞法の一つとして「比喩表現」があります。文章の価値は内容によって決まりますが、どんなにすぐれた内容もそれを表現することばが正しく使われていなければ、その価値は生きてきません。表現が粗雑では、書き手が述べようとすることも、読み手に正確には伝わりません。また、どんなに詳しくても伝達が正確になるとも限らないし、読んで読みよい文章になるとも限りません。そこで効果を発揮するものとして、比喩がありります。

①は「彼女の眼」を「夜光虫」にたとえているのですが、このように「たとえるものとたとえられるものを直接結びつけ、両者がたとえの関係にあると明示しない方法」を隠喩（暗喩）というのです。

②は「物の音や様子をそのままに、擬声語・擬態語を使って表現す方法」となっており、声喩（擬声語。擬態語）といいます。

③は「ある物事の名称の代わりに、その最も代表的かつ特徴的な一部を示して全体を表そうとする方法」で提喩です。

④は「時雨」・「木枯し」のように「人間でないものを人間の行為のように表現」した擬人法です。

⑤は「…のように（な）・…に似た」などの語により、「たとえるものとたとえられるものとの関係を明示する方法」で直喩（明喩）といいます。

問題9

次の各文は「推敲」する場合の具体的な作業です。（　　）内に入る語を後のア～コの中から選んで記号で答えてください。〈5点〉

①（　　）・あて字・脱字を訂正する。句読点についても注意する。
②語句の誤りや不適切な（　　）を直す。
③むだな語句を削ったり、（　　）語句を補ったりする。
④（　　）に筋が通っているかどうか、前後で食い違う叙述がないかを調べる。
⑤（　　）や全体の構成を省みる。

ア　論理的　　イ　具体的　　ウ　表現　　エ　文章　　オ　送り字
カ　誤字　　キ　足りない　　ク　不十分な　　ケ　段落　　コ　形式

【解答】
①カ　②ウ　③キ　④ア　⑤ケ

【解説】

自分が述べたいことが正しく伝わるように適切な表現がされているか練り直すことを「推敲」といいます。

①誤字・あて字・脱字には特に気をつけて、あやふやな時は辞書を活用しましょう。

②・③わかりやすい語句を使い、文末表現も工夫しましょう。

④主語と述語とが正しく対応しているか、それぞれの文が正しい形になっているか、などを見直しましょう。

⑤文体が統一されているか、常体（ダ・デアル体）と敬体（デス・マス体）の混用がないか、などについても見直すことが必要です。

問題10

次の各文を推敲し、傍線部を正しく書き改めてください。〈5点〉

①私は星座について調べた。星座はとても魅力的です。

（　　　　）

②私はこの映画を見て、映像が非常に美しい。

（　　　　）

③私が彼女の家を訪ねると、留守だと言った。

（　　　　）

④ 田中君は、朝早く起きれないそうだ。
（　　　　　　）

⑤ 父は夏に山に登って登山をした。
（　　　　　　）

【解答】

① 私は星座について調べた。星座はとても魅力的だ。
② 私はこの映画を見て、映像が非常に美しいと思った。
③ 私が彼女の家を訪ねると、留守だと言われた。
④ 田中君は、朝早く起きられないそうだ。
⑤ 父は夏に山に登った。

【解説】

① 常体（ダ・デアル体）と敬体（デス・マス体）は混用しないで、どちらかに統一します。
② 主語と述語は正確に対応させます。

③　受動・能動の態に注意しましょう。
④　可能表現。「ら」抜きにならないようにしましょう。
⑤　同じ意味の語句を重複させないように注意しましょう。

問題11
次の文の不適当な部分を訂正し、正しい文に書き直してください。〈2点〉
①　友達と思っていた人が、だんだん離れていってしまったり、今まであまり親しく話をしたことのなかった人が、親しい気持ちをもっていてくれた。
（　　　　　　　　　　　　　　　　　　　　）
②　乱筆ですが、どうぞ拝見してください。
（　　　　　　　　　　　　　　　　　　　　）

【解答】
①　友達と思っていた人が、だんだん離れていってしまったり、今まであまり親しく話をしたことのなかった人が、親しい気持ちをもっていてくれたりした。

②　乱筆でございますが、どうか御覧ください。

【解説】

①「……たり」という並列の助詞は、下の語句にもやはり「……たり」が付かないと、おちつかない表現になります。この文の場合、「離れていってしまったり」に対しては「親しい気持ちをもっていてくれたりした」と改めた方がよいでしょう。

②「拝見」はへりくだった言い方ですから、「拝見してください」は、相手に対して失礼な書き方です。「御覧ください」と尊敬の言い方に改めるべきです。「乱筆ですが」も「乱筆でございますが」とへりくだった言い方にした方がよいでしょう。

問題12

次の各文は表現上誤っているところがあります。適切な文に書き改めてください。

〈5点〉

①　明日の天気がもし雨なので、運動会は中止になるだろう。

（　　　　　　　　　　　　　　　　　　）

②　彼は、課長として押しも押されぬ貫録を持ってきた。

③ （　　　　　　　　）彼女の笑い声は、周囲の人々は楽しかった。

④ （　　　　　　　　）妹が泣いているのは、私がいじめたので泣いているのだ。

⑤ （　　　　　　　　）私は常に、高校生っぽい服装を心がけているつもりだ。

【解答】

① 明日の天気がもし雨ならば、運動会は中止になるだろう。

② 彼は、課長として押しも押されもせぬ貫録を持ってきた。

③ 彼女の笑い声は、周囲の人々を楽しくさせた。

④ 妹が泣いているのは、私がいじめたからだ。

⑤ 私は常に、高校生らしい服装を心がけているつもりだ。

【解説】

①　副詞の呼応関係が誤っています。「もし…ならば～だろう」となります。
②　「押しも押されもせぬ」が正しい表現です。
③　文のかかり方が正しくありません。正しくは、「笑い声は」「楽しくさせた」となります。
④　主語と述語の関係が正しくありません。
⑤　話し言葉で書くことは適切ではありません。

問題13
次の語を使って、二十字以内の短文を作ってください。〈１点〉
単刀直入

【解答】
彼は会議で単刀直入に意見をいう人だ。（句読点ともで18字）

【解説】

「単刀直入」とは、「前置きや遠まわしな言い方をしないで、直ちに本題に入ること」という意味です。

問題14

次の語を使って、二十字以内の短文を作ってください。（句読点を含む。）〈1点〉

前代未聞

【解答】

このような不祥事は前代未聞のことである。（句読点ともで20字）

【解説】

「前代未聞」とは、「これまで聞いたことのないまれなこと」という意味です。

問題15
次の語を使って、三十字以内の短文を作ってください。〈1点〉
よしんば

【解答】

よしんば人数がそろっても、この天気では試合は中止でしょう。（句読点ともで29字）

【解説】
副詞で下に仮定の形をともなって「たとえ～としても」という意味になります。

(2) 場面別の会話表現

問題16
次の各文の傍線部を適当な表現に改めてください。〈5点〉

① 僕が会社へ伺います。

（　　　　　　　　）

② そちらさまがよろしければ、自分のほうはかまいません。

（　　　　　　　　）

③ その商品は、わたしたちの会社では扱っておりません。

（　　　　　　　　）

④ これから皆様をご案内します。

（　　　　　　　　）

⑤ 菓子をお食べになりますか。

（　　　　　　　　）

【解答】

① わたくしが会社へ伺います。

② そちらさまがよろしければ、わたくしのほうはかまいません。

③ その商品は、わたくしどもの会社では扱っておりません。

④　これから皆様をご案内いたします。

⑤　菓子をおあがりになりますか。

【解説】

①・②はともに自分を低めて言う謙譲表現です。「僕」・「自分」より「わたくし」を用いるのが適切です。

③「わたしたち」より「わたくしども」と言う方が、より謙譲表現としてふさわしいでしょう。

④「～いたします。」という表現の方が、自分の動作を低める言い方です。

⑤「お食べ」より「おあがり」の方が、相手の動作を高める尊敬語としてふさわしいでしょう。

問題17

次の文章は会議に参加するときの心得です。（　　）内に入る語を後のア～オから選んで記号で答えてください。〈5点〉

会議の参加者は必ず（　①　）の許可を得てから発言をするようにします。発言するときには、要点を（　②　）に述べます。議長は、できるだけ多くの人に発言の（　③　）を与えることに努め、また議長自身の（　④　）は述べないことです。議長は（　⑤　）に加わりません。ただし、賛否両論のときは、（　①　）の判断によって決定します。

ア　議長　　イ　意見　　ウ　簡潔　　エ　採決　　オ　機会

①（　　）　②（　　）　③（　　）　④（　　）　⑤（　　）

【解答】

①ア　②ウ　③オ　④イ　⑤エ

【解説】

① 議長は会議の進行をつかさどる重要な役目です。
② 発言者は、自分の意見を要領よくまとめて述べることが大切です。
③ 議長は、出席者すべて平等な立場にあることを忘れてはなりません。
④ 議長は、あくまでも進行役で、中立の立場です。
⑤ 賛否同数のときは議長採決が適用されます。

問題18

次の各文の表現が正しければ○、誤っていれば×を記入してください。〈6点〉

① 先生、こちらでお待ちになってください。
② お客様が申されました。
③ 田中さん、いらっしゃいましたら御連絡連絡ください。
④ 三時に御出発される予定です。
⑤ とんでもございません。
⑥ お降りの方はございませんか。

①（　）②（　）③（　）④（　）⑤（　）⑥（　）

【解答】

① ○ ② × ③ ○ ④ × ⑤ × ⑥ ×

【解説】

② 「申され」は謙譲語ですからお客様の言動に対して用いてはいけません。
④ 「御」と「される」との敬語を重複する必要はありません。「出発される」がよいで

しょう。

⑤　慣用語は敬語化しません。「とんでもないことでございます。」がよいでしょう。

⑥　尊敬語と丁寧語とを混同しています。「ございませんか」を「いらっしゃいませんか」とすべきです。

問題19

次の会話は、会社で部長にかかってきた電話を他の社員がとりついでいるものですが、かけてきた相手も含めて不適切なところが五つあります。その部分を抜き出し、訂正してください。〈5点〉

A「株式会社○○営業部でございます。」

B「部長の山田さんはいらっしゃいますか。」

A「部長ですね。ちょっと待って下さい。」

（一分ほどたって）

C「部長は今、会議中でございます。」

B「そうですか。何時頃もどりますか。」

Ａ「あと三十分程でもどっていらっしゃると存じますが。」
Ｂ「わかりました。それでは後程、こちらからお電話いたしますので、よろしくお伝え下さい。」

（　　　　）→（　　　　）
（　　　　）→（　　　　）
（　　　　）→（　　　　）
（　　　　）→（　　　　）
（　　　　）→（　　　　）

【解答】
部長の山田さん…→△△ですが、部長の山田さん…
ちょっと待って下さい→少々お待ち下さい。
部長は今、→お待たせしました。部長は今、
何時頃もどりますか。→何時頃もどられますか。
あと三十分程でもどっていらっしゃる→あと三十分程でもど（って来）る

【解説】

① 相手を呼びだす前に、まず自分が名乗ります。「××商事の△△」と所属を明らかにするのもよいでしょう。

② 「待つ」に「お」をつけることによって尊敬表現になります。

③ 相手を待たせる場合は、まずその事を詫びます。

④ 「れ」という助動詞によって尊敬表現になります。

⑤ 外部の人に対しては、例え部長でも敬語は使いません。

問題20

次の二つの文に、①「私」が笑っている、②「彼」が笑っている、のそれぞれの解釈がなりたつように読点を付けてください。〈2点〉

① 私は笑いながら手を振る彼を見送った。

（　　　　　　　　　　　　）

② 私は笑いながら手を振る彼を見送った。

（　　　　　　　　　　　　）

【解答】

① 私は笑いながら、手を振る彼を見送った。

② 私は、笑いながら手を振る彼を見送った。

【解説】

① この場合「笑いながら」「見送った」のは「私」です。したがって笑っているのは「私」です。

② この場合「笑いながら」「手を振る」のは「彼」です。だから笑っているのは「彼」です。

(3) 手紙・書類・書状の表現

問題21
次の各文は縦書き用原稿用紙の使い方に関する注意です。適当な方を選んで記号で答えてください。〈5点〉

① 書き出しは｛a 一番上のマスから／b 最初の一マスをあけて｝書く。（　　）

② 原則として数学は｛a アラビア数字／b 漢数字｝を用いる。（　　）

③ 行頭に句読点や結びのカッコなどがくる場合は｛a 前の行の最後のマス目か欄外に／b そのまま一マス使って｝書く。（　　）

④ 中線（ダッシュ）――、点線（リーダー）……は｛a 一字文／b 二字文｝に引く。（　　）

⑤ 訂正には赤い筆記具を｛a 用いない。／b 用いる。｝（　　）

【解答】

① b　② b　③ a　④ b　⑤ a

【解説】

① 書き出しと改行は一マスあけて書きます。

② 例えば「3」は「三」、「25」は「二十五」と書きます。

③ ただし、句点（。）と」は、同じマスに入れてもかまいません。

④ ——は文章に間をもたせたり、補足説明に用います。……は文末につけて余韻をもたせたり、無言の会話を表します。

⑤ 訂正する時は二本線‖を引き、その右側に正しい語句を書きます。

問題22

次の言葉は「レポート」を書く上での必要事項です。正しいものには○を、誤っているものには×を記入してください。〈5点〉

① 修辞法　② 日本十進分類法　③ 件名目録

④ 作品プロット　⑤ グルーピング

①（　）②（　）③（　）④（　）⑤（　）

【解答】

① ×　② ○　③ ○　④ ×　⑤ ○

【解説】

① 修辞法にこだわることなく、明確な表現で書くことが大切です。

② 図書館で参考文献を検索する時に、「日本十進分類法」によって作成された図書の目録カードを活用すると便利です。

③ 「件名目録」とは、図書の内容・主題を短いことばで表し、見出しにしたものです。他に、「著者目録」・「書名目録」があります。

④ 「作品プロット」とは、小説や脚本などの筋。構想という意味です。

⑤ 収集してきた情報を、解決すべき課題に対してどう有効に働かせるかを考えながら、構造化するときに必要です。

問題23

次の文章は、手紙の形式について述べたものです。（　）内に入る語をア～コから選んで記号で答えてください。〈10点〉

手紙は、自分が相手と直接会って話すかわりに、文章で相手に話しかけるものです。したがって、（①）などは、原則としてふだん話すとおりに書けばよく、ただ（②）であるから、いいかけてやめたり、同じ語句や文を繰り返したりなどはできるだけ省いた（③）を使います。そして、用件を述べる前やあとに、（④）な文句を述べることになります。

手紙文の構成は、（⑤）・主文・（⑥）・（⑦）・副文の順序というのが普通です。はがきのとき、手紙でもその性質によっては、前文や（⑧）が省かれたり、簡略化されたりすることもありますが、主文のあとづけを省くことはありません。どれを省いても、右にあげた順序はくずさないようにします。ただし、（⑨）の手紙や（⑩）では、この順序はいくらか違います。

ア　儀礼的　イ　副文　ウ　前文　エ　公用文　オ　書きことば
カ　末文　キ　事務用　ク　あとづけ　ケ　本文　コ　口語体

①（　　）②（　　）③（　　）④（　　）⑤（　　）
⑥（　　）⑦（　　）⑧（　　）⑨（　　）⑩（　　）

【解答】

①ケ　②オ　③コ　④ア　⑤ウ

⑥カ　⑦ク　⑧イ　⑨キ　⑩エ

【解説】

① 用件を述べるのが本文ですから、標準語で書きます。

②・③ 改まった場所で使う話しことば、つまり口語体で、用語は使い慣れていることばを使います。

④ 人と会っても、いきなり用件を述べる前に、あいさつをしたり、近況を聞いたりするのと同じことです。

⑤「書き出し語」「時候のあいさつ」「先方・こちらの安否」「ごぶさたのおわび」などのことです。

⑥「結びのことば」「結語」のことです。

⑦「日付」「署名」「あて名」「わきづけ」のことです。

⑧「追伸」にあたるものです。

⑨・⑩ 用件を正確に示し、要点がはっきりしていれば良いのです。そのために、簡明

に表現することが大切です。

問題24

次の符号はどんな場合に使うものですか。後のア〜キから選んで記号で答えてください。〈5点〉

①　かぎかっこ「　」　②　中点、黒丸・　③　ダッシュ　——

④　波形　〜　⑤　かっこ（　）

ア　会話の場合

イ　物の並列表現、外来語や日付などを表す場合。

ウ　時・場所など「……から……まで」を示す場合。

エ　言葉に説明を加える場合。

オ　言い替える場合。間（ま）を置く場合。

①（　）　②（　）　③（　）　④（　）　⑤（　）

【解答】

①ア　②イ　③オ　④ウ　⑤エ

【解説】

① 会話の場合に用います。また、ある言葉を注目させる場合にも使うことがあります。「こんにちは、お元気ですか」・これが私の言う「政治」である。

② 1、物を並列する場合。果物・花を買う。2、外来語、日付などを表す場合。平成五・三・四

③ 1、言い換える場合。昭和二十年――終戦の年――私は生まれた。2、間を置く場合。あなたは――顔面がまっ青だった。

④ 朝八時～十時（時を示す。）日本～アメリカ（場所を示す。）などがその例です。

⑤ 中宮定子（藤原道隆女）と清少納言。などがその例です。

問題25

次の①～⑤は手紙類に使う起首です。それぞれ、どのような場合に使うものなのかを、後のア～オの中から選び、記号で答えてください。〈5点〉

①　拝啓（　）　②　前略（　）　③　謹啓（　）

④　再啓（　）　⑤　拝復（　）
ア　前文省略の場合　イ　重ねて出す場合　ウ　一般的な場合
エ　返信の場合　オ　丁重な場合

【解答】
①　ウ　②　ア　③　オ　④　イ　⑤　エ

【解説】

起首は頭語ともいいます。年賀状や暑中見舞いなど用いない場合もあります。それぞれ意味や結語も違いますので、使い分けが必要になります。女性の場合は、柔い表現として「一筆申し上げます」などとして、結語も「かしこ」としてもさしつかえありません。
①　他には「拝呈」「啓白」「一筆啓上」などがあり、結語は「敬具」「拝具」「啓白」を用います。
②　他には「冠省」「略啓」などがあり、結語は「草々」「不一」「不備」などを用います。
③　他には「謹呈」「謹白」「恭啓」などがあり、結語は「謹言」「謹白」「啓白」「頓首」などを用います。

④ 他には「再呈」「追啓」などがあり、結語は「敬具」「啓白」「草々」「不一」などを用います。

⑤ 他には「拝答」「敬復」「芳書拝見」などがあり、結語は「敬具」「敬答」などを用います。

また、急用の場合として「急啓」「急呈」などがあり、結語は「敬具」「啓白」などを用います。

問題26

次の時候のあいさつは何月のものですか。（　）に月名を書いてください。〈5点〉

① 暑中お見舞い申し上げます。

② 毎日うっとうしい天気が続きますが……

③ 青葉が目にしみる季節となりました。

④ 朝夕めっきり寒くなりました……

⑤ ようやく春めいてまいりましたが……

①（　）②（　）③（　）④（　）⑤（　）

【解答】
①　七月　②　六月　③　五月　④　十月　⑤　三月

【解説】
改まった手紙や事務的な手紙には形式的な慣用語句を用いますが、日常的な手紙には自分のとらえた季節感であいさつするほうが喜ばれます。①他に「酷暑のみぎり」「梅雨明けを迎え」などがあります。②他に「向暑のみぎり」「初夏の候」などがあります。③「新緑の候」「木々の緑が目に鮮やかな」などがあります。④「秋冷の候」「中秋のみぎり」などがあります。⑤「春暖の候」「春霞もたなびく頃となりました」などがあります。

問題27
次の時候の挨拶用語は何月のものですか。月名を漢字で答えてください。〈5点〉
①　立春　②　晩秋　③　残暑　④　厳冬　⑤　春たけなわ
①（　　）②（　　）③（　　）④（　　）⑤（　　）

【解答】

①二月　②十一月　③八月　④一月　⑤四月

【解説】

①他に「余寒・残雪・早春」などがあります。

②日増しに寒さが深まるころです。他に「夜寒・暮秋・霜枯れ」などの用語があります。

③季節としては秋とはいっても、まだまだ暑さが残るころです。他に「晩夏・立秋」などがあります。

④最も寒さが厳しいころの挨拶用語です。他に「厳冬・寒冷・寒風・寒月」などを用います。

⑤春たけなわの季節の挨拶として、他に「陽春・春暖・花ぐもり」があります。

問題28

次の文章は、大学入試に合格した教え子が、恩師にあてた手紙です。（　　）内に入る語を後のア〜コの中から選んで記号で答えてください。〈10点〉

拝啓　陽春の（　①　）お変わりございませんか。長い間（　②　）して申しわけございません。

（③）私、一年間の浪人でご心配をおかけしておりましたが、このたび念願かない○○大学○○学部に合格いたしました。これも（④）ご指導、（⑤）いただきました先生の（⑥）と、あらためて深く（⑦）いたしております。四月からは、親元を離れての大学生活が始まりますが、今のこの感動を忘れることなく勉学に励みます。

（⑧）ともよろしくお導きくださいますよう、お願い（⑨）ます。

（⑩）

ア　さて　イ　敬具　ウ　折にふれて　エ　申し上げ　オ　候
カ　ご鞭撻　キ　今後　ク　ご無沙汰　ケ　おかげ　コ　感謝

①（　）　②（　）　③（　）　④（　）　⑤（　）
⑥（　）　⑦（　）　⑧（　）　⑨（　）　⑩（　）

【解答】
①オ　②ク　③ア　④ウ　⑤カ

⑥ケ ⑦コ ⑧キ ⑨エ ⑩イ

【解説】

① まず、時候のあいさつです。

② 無沙汰のわびを述べます。日ごろの感謝の言葉を加えてもよいでしょう。

③ 起辞……主文の書き出し言葉です。さて・ところで・ときに、などがあります。

④・⑤・⑥・⑦は合格できたことに対するお礼の言葉を述べます。

⑧・⑨ 結びのあいさつです。

⑩ 結語。敬具のほかに、かしこ（女性）・草々・早々などがあります。

問題29

次の文章はお歳暮をいただいたお礼状です。①～⑩に入る語を、後のア～コの中から選んで記号で答えてください。〈10点〉

十二月に入り、ことさら厳しい寒さが続いておりますが、皆様（①）お過ごしのご様子、（②）申し上げます。

本日は、（③）ご挨拶と（④）お歳暮のお品を（⑤）いたしまして、（⑥）に存じます。お言葉に甘え、⑦賞味させていただきます。主人からも、くれぐれも⑧とのことでございます。
お寒さのおり、なにとぞ⑨なさって、よいお年をお迎えください。お正月の新年会には、奥さまともどもご参加くださいませ。⑩申し上げております。

ア　お待ち　イ　お喜び　ウ　お健やかに　エ　ご自愛　オ　ご丁重な
カ　よろしく　キ　結構な　ク　頂戴　ケ　さっそく　コ　恐縮

①（　　）②（　　）③（　　）④（　　）⑤（　　）
⑥（　　）⑦（　　）⑧（　　）⑨（　　）⑩（　　）

【解答】

①ウ　②イ　③オ　④キ　⑤ク
⑥コ　⑦ケ　⑧カ　⑨エ　⑩ア

【解説】

お歳暮のお礼状は年内に届くよう、受け取ったらすぐ出すようにします。

①、②は相手の安否をたずねる言葉です。「ご健勝のこととお喜び申し上げます。」「ご

清栄のことと存じます。」などもあります。
③~⑤は品物を受け取った通知、⑥~⑧はその感謝の言葉です。
⑨はいわゆる末文です。一般的には愛顧、繁栄、自愛を願います。また、お歳暮の礼状の場合は、「よいお年をお迎えください。」で結ぶのがよいでしょう。
⑩は末文につけ加える伝言です。

問題30

次の文章は、履歴書の書き方の注意事項を述べたものです。（　　）内に入る語を後のア~クの中から選んで記号で答えてください。〈5点〉

① 「ふりがな」はそれに当たる漢字の（　　）の位置に置く。
② 「連絡先」は会社からの通知・連絡を受ける場合の宛先。現住所と同じなら（　　）とする。
③ 「（　　）」の学校名は、正式の名称を書く。
④ 「（　　）等」には、公式の機関で認定された（　　）や、取得した免許を記入する。

⑤「趣味」と「（　　）」とは別々に記入したほうがよい。
ア　職歴　イ　同上　ウ　左上　エ　右上
オ　真上　カ　特技　キ　学歴　ク　資格

【解答】

①オ　②イ　③キ　④ク・ク　⑤カ

【解説】

① 筆記用具はペン（万年筆）で、黒または青インクを用います。ただし、黒のボールペンで書くのもよいことも多くなりました。
② 寄宿しているような場合は「○○方」として、「○○様方」とは書きません。
③ まだ卒業していない場合は、最後の行に「卒業見込み」の旨を記入します。
④ 一つの事項を一行にまとめて記入します。
⑤ 例えば、趣味――パソコン。特技――サッカー。といった具合です。
　履歴書は書き誤った場合は、新しい用紙に最初から書き直すのが望ましいでしょう。

本書の問題は月刊雑誌『日本語トレーニング』の平成十二年二月号〜四月号から良問を抜粋し、一部加筆したものです。

國家圖書館出版品預行編目資料

測驗式日本語綜合問答解說/日本のことば研究會編著. -- 初版.－臺北市：鴻儒堂，民90

面；公分

ISBN 957-8357-37-0(平裝)

1.日本語言—學習方法

803.1 90009651

測驗式
日本語綜合問答解說

定價：300元

2001年(民90年)7月初版一刷
本出版社經行政院新聞局核准登記
登記證字號:局版臺業字1292號

編　著　者：日本のことば研究會
發　行　人：黃成業
發　行　所：鴻儒堂出版社
地　　　址：台北市中正區開封街一段19號2樓
電　　　話：23113810・23113823
電話傳真機：23612334
郵政劃撥：01553001
E — mail：hjt903@ms25.hinet.net

本書經日本有限會社セントラル・ブレーン授權出版